갈곳 지음

2020
국가
존속
비상
조치
법

FOREST
WHALE

*

2018년 여름 저녁. 문한시 시내 중심가 편의점 앞.

"김 씨, 대충 가져와, 간단하게 마시고 일어나자고"
 최 씨는 편의점 안쪽을 향해 소리쳤다. 낮 동안의 노동으로 인해 땀에 절인 작업복 차림의 남자 셋은 편의점 간이 탁자에 맥주 캔과 주전부리를 벌여 놓고 앉았다.
 "자, 오늘도 고생했소. 아이구, 어찌나 덥던지, 옷이고 뭐고 다 벗어던지고 집에 가고 싶드만요."
 김 씨는 맥주 캔에 입을 갖다 대며 과장되게 몸을 흔들며 말했다.
 "이래 더워서 일하겠어요? 내일도 오늘만큼이면 어이구 죽겠다."
 박 씨가 의자에 몸을 깊게 기대며 말했다.

"날도 더운데, 아까 대통령은 더워 죽지 말라고 티비 나와서 전국 방송한 겁니까?"

"잠깐 핸드폰 한번 보자. 뭐라 했는지."

최 씨는 핸드폰 볼륨을 크게 올리고 탁자에 화면이 잘 보이게 조절하였다. 세 사람은 각자 자신의 핸드폰을 들여다보며 찬 맥주를 홀짝거리기 시작했다.

핸드폰 화면 안에는 티셔츠 차림의 중년 남성이 대통령 사진을 띄어놓고 연신 고개를 갸웃거리며,

"오늘도 우리의 대통령님은 담화문을 발표했습니다. 몇 번째인지 모르겠습니다. 너무 자주 하는 것 아닙니까? 오늘 발표는 인구절벽에 대한 심각성이 주제인데, 국가 존속법이란 법이 시행될 것이라는 얘기였습니다. 간추려 보자면, ' 2000년대에 민한국이 국가 소멸 단계로 들어간다는 여론이 크게 들끓게 되고 여러 검증을 거친 후 2050년에는 민한국이 국가 소멸이란 위기를 겪을 것이란 것이 기정사실이 되었다. 이에 지난 이십 년 동안 여러 인구정책을 각 지방자치단체와 국가에서 시행했으나 유의미한 성공 사례는 한 번도 없었고 오늘에 이르렀다. 지금으로서는 2050

년의 국가 소멸은 기정사실이다. -네, 알죠. 알지만, 이런 현실에도 우리는 당장 크게 와 닿지 않는 2050년의 민한국 소멸보다는 지금을 살아가야 할 힘이 되는 월급과 삶의 만족도가 더 중요하게 다가옵니다. 그죠? 나만 그런 거 아니죠? 네 계속이어서- 2020년을 사는 우리 국민 여러분에게 무릎을 꿇고 호소한다. 우리가 오늘을 살아가기 위해서는 내일의 아이들이 뒷받침되어야 하니 우리의 인식이 바뀌어야 한다. 국가 존속법은 국가 소멸을 막기 위한 최후의 방법이다. 이런 강제성까지 부여할 수밖에 없음을 통탄하며 위기 상황을 인지하고 각성해 주시길 바라는 바입니다.'라는 것이 이번 담화문의 요약 내용입니다. 흠. 이건 좀 이따 다시 얘기하고 이보다 더 심각한 분위기였던 기자회견장에서의 질의응답 중에 몇 가지 논란 사항에 대해 일단 들어보시죠."

 화면이 바뀌고 앞쪽 테이블에 여덟 명의 사람이 일렬로 앉아있고 맞은편 극장식 회견장에는 오십여 명의 기자들이 마주하고 앉아있었다. 잠시 침묵이 이어지다가 앞에 앉은 한 사람이 마이크를 붙잡고 말하기 시작했다.

"이상으로 대통령님의 국가 존속 비상 조치법 시행에 대한 담화문 발표를 마치고 질의응답을 갖도록 하겠습니다. 나눠드린 국가 존속 비상 조치법에 대한 안내문을 참고하시어 기자 여러분은 국민 여러분을 대신하여 질문해 주십시오. 저희 패널들은 여러분들의 의구심을 해소하고 그동안 논의했던 사항들에 대해 보고드리기 위해 이 자리에 섰습니다."

앞자리에 앉은 누군가가 손을 들고 뒤를 한 번 돌아보더니 바로 마이크를 잡았다.

"비전일보입니다. 2020 국가존속 비상 조치법, 줄여서 국존법이이라구요? 시행 시기가 이렇게 2050년부터인 이유가 반대 여론을 의식해서란 생각이 듭니다. 그만큼 여성단체의 반대가 극심할 것인데 어떻게 설득하실지 궁금합니다."

"21세기가 되기 전까지 우리는 여성들에게 여성이란 이유로 모성을 강요하고 육아의 일차적 책임을 지우고 있다는 자각을 하지 못했습니다.

 국존법은 의무적으로 여성에게 아이를 낳으란 법이 아닙니다. 여성의 임신, 출산, 육아를 국가가 적극적으로 돕겠다는 법이고 구체적으로 국가가 할 수 있는 일들을 명시한 법입니다. 모든 국민에게 최소한의 법이란 강제성을 부여하고 최대한 선택의 폭을 드릴 것입니다. 임신, 출산, 육아를 강제하는 것이 아니라 모든 과정을 자율적으로 선택하도록 법이 보장하고 법이 돕는 것이 국존법의 핵심입니다.

 국존법의 핵심인 생식세포 납부의 의무는 2020년 출생 아이가 서른 살이 되는 2050년 시점에서 시행됩니다. 30년의 세월을 두고 우리는 국가에 의해 태어날 아이들의 태교와 출산과 양육에 대해 대비할 것입니다. 교육학과 철학, 과학 기술이 어우러져 한 아이의 출생과 성장을 이상적으로 실현해 보려 합니다.

 한 개인의 선택으로 태어난 아이가 사회와 국가의 보호와 보살핌 속에서 살아갈 수 있는 사회가 되도록 하는 것이 우리의 목표가 되어야 할 것입니다."

 "편호뉴스입니다. 그러니까 우리 사회가 공동체로

서 아이 출생을 담당하고 육아를 하자는 말씀인 거죠? 구체적으로 어떻게 실행하실 건지, 어떤 정책들이 논의되고 있는지 궁금합니다."

이번에는 단상 위의 여덟 명 중 제일 왼쪽 끝에 앉은 사람이 마이크를 잡았다.

"얼마 전 인공 자궁 기술의 핵심인 모체 복제 실현이 가능해졌습니다. 앞으로 더 많은 예산지원과 기술 개발이 이루어질 것입니다.

피플에이드(peopleaid) 기술도 하루가 다르게 발전하고 있습니다. 기계형 로봇이 청소나 요리를 돕던 기술에서 벗어나 하나의 로봇이 모든 가사를 총괄하는 매니저 역할까지 할 수 있는 단계에 이르렀습니다.

국존법은 인공 자궁과 피플에이드 발전에 기반하여 법을 상세화할 것이며 이를 적극 도입하여 가사 노동과 육아에 도움을 줄 수 있는 시스템을 갖출 것입니다."

마이크에서 입을 떼자마자 기자석 여기저기서 손을 들었다.

"화수일간입니다. 피플에이드 기술을 적극 활용할

것이라고 하셨습니다만 지금도 기계화 자동화로 인해 일자리가 없어 실업률이 높아 사회문제가 되고 있습니다. 지금도 대책이 없는 실업률은 앞으로 더 높아질 것이고 양질의 일자리는 더 줄어들 것이라 예상됩니다. 그래서 피플에이드 개발을 반대하는 여론도 높습니다. 인간만이 할 수 있는 일들이 점점 줄어드는데 임신 육아마저 피플에이드를 적극 도입한다면 결국 로봇의 손에 아이들이 자라고 로봇이 부모가 되는 시대가 오는 것 아닌가요?"

 패널 중의 세 번째 앉아 있던 사람이 탁자 끝을 바라보며 말하기 시작했다.
"저희 로봇공학자들은 로봇이 사람을 대체할 수는 없다고 봅니다. 그러나 인간이 할 수 있는 일을 모두 피플에이드가 대체할 수는 있다고 생각합니다. 임신과 출산, 양육을 피플에이드가 대체하는 것이 아니라 사람을 돕는 것입니다. 힘든 일은 피플에이드가 하고 부모로서 아이와 눈을 맞추고 아이에게 사랑을 주는 것은 사람이 하면 된다고 생각합니다. 지금도 제대로 양육하지 않는 부모들이 있습니다. 부모 자격이 없는 사람들도 있습니다. 그런 아이에게는 오히려 피플에이드가 더 나을 것입니다.

절대 인간성을 대체할 수 있는 피플에이드는 없습니다. 인간존엄성을 해치는 방향으로 피플에이드를 개발하지는 않습니다."

"다음주 축구할 때 비 온다고 하네? 일 끝나고 우리 집에서 같이 축구 볼까?"

김 씨가 핸드폰에서 시선을 떼지 못하고 좀 큰 소리로 최 씨와 박 씨에게 물었다.

"아니, 그게 중요한 게 아니고, 이 뭐요? 국가 존속법이 뭐라? 뭐 어쩌란 거지?"

박 씨가 최 씨에게 되물었다.

"그 민한국이 인구가 없다고 국가에서 인구정책 펴는 거 아닌가? 대충 보니 오십 줄 들어선 우리 말고, 우리 아들딸들한테 애 낳으란 소리 같은데?"

"요즘은 결혼도 안 할라 하는데, 애를 낳으라고? 대통령 할아비가 와도 안 될 소리를 티비 나와서 한 거요?"

김 씨가 핸드폰에서 얼굴을 들며 말했다.

박 씨는 들고 있던 맥주 캔을 내려놓고 급하게 손사

래를 치며,

"나부터 나는 우리 딸한테 결혼하라 소리 안 해요. 너 하고 싶은 거 맘껏 하다가 행복하게 살라 하지, 절대 결혼하라 소리 안 해요. 해서 뭐 할 건데? 몸 망가져, 젊은 시절 다 애한테 다 갖다 바쳐, 살면서 지 하고 싶은 거, 놀 거 다 놀고 늘그막에 맘 맞는 사람 찾아가 그래 살다가 죽으면 되지 않겠냐고 한다. 맞제? 그게 맞는 거 아닌가?"

박 씨의 말에 최 씨가 대답했다.

"그건 우리 세대 바람이고, 우리 아들딸 세대는 또 다르지. 지들도 지들 나름으로 생각이 다 있더라. 우리 아들은 결혼 빨리하고 싶다 하는데 여자가 없단다. 우리도 빨리 보내고 싶은데 처자가 없다. 결혼만 한다 하면 나는 빚을 내서라도 집도 사주고 며느리 받들어 모시고 살 거요. 이런 소리 하면 우리 딸은 또 기겁합니다. 딸은 또 절대 결혼 안 한다고 결혼시킬 꿈도 꾸지 말라고 하지. 결혼시킬 돈 있음 그냥 엄마아빠 맛난 거 먹고, 여행 다니라 하더라."

"근데 박 씨는 딸한테 그래 말하면서 마눌님한테 안 미안하나? 마눌님도 박 씨 만나가 결혼하고 애 낳고 살고 싶었겠나? 잘해줘라 쫌."

김 씨의 말에 박 씨는 버럭 화를 내며 목소리를 높였다.

"니나 잘해라, 나만큼 하는 잘 사람 또 없다. 김 씨 니는 마누라 하나 간수 못해가 이혼한 사람이 어데서 오지랖이요?"

"아이구, 자자, 서로 잘하자고 한 소리잖소. 잘하자고, 웃어넘깁시다."

최 씨는 순간 눈빛이 변한 두 사람에게 맥주 캔을 차례로 갖다 붙이며 건배를 연거푸 했다.

"아이구, 가뜩이나 바쁜 모준우 대통령이 김 씨 박 씨 싸움까지 붙이네. 안 되겠다. 저래가 중임하겠소?"

"그때 내놓은 선거공약이 하나씩 실행되고 있잖소. 덕분에 내 쪼끔 사놓은 주식도 올랐고 밥벌이도 전 대통령 때보다 낫소. 난 저 모준우 오래오래 했으면 좋겠다. 저만치 잘하는 사람 또 없다."

박 씨의 말에 김 씨는 뾰족하게 덧붙였다.

"원래 대통령은 내려오고 나서 평가해야 하는 거다. 저렇게 있을 때는 모른다. 저 자리 있을 때는 원래 다 잘하고 있는 걸로 보인다. 뉴스 보믄 딴 나라 사람이랑 밥만 먹어도 외교 잘했다 소리 하잖소."

둘의 말을 듣고 있던 최 씨가

"모준우 대통령이 담화문 발표하는 거 들어보면 심각하긴 심각한가 봅니다. 다들 못 느꼈소? 요즘 애들 결혼도 안 하려 하고 애도 안 낳는다고 문제라고 하는데, 솔직히 애들한테 나는 미안해서 그런 소리 못 합니다. 우리 다음 세대한테 나는 미안해서 애 낳으란 소리 못하겠소. 우리 때야 등 떠밀려 나이 차면 으레 결혼하고 애 낳고 사는 줄 알았지. 힘들어 고꾸라져도 내가 못나서라 생각하면서 참았는데, 요즘은 참다가 나는 못 하겠으니 그냥 죽어버릴란다 하는 애들 아닌가. 사는 거보다 죽는 게 나은 이런 세상 만들어 놓은 거 우리 잘못인 거 같아서 애들한테 미안하오. 우리 애들한테 결혼자금 쌔빠지게 모아서 세금 더 내고, 버는 돈은 죄다 애들 교육비로 쏟고, 나이 들면 부모 공양 세금까지 내면서 사는 게 행복이고, 애국이라고 말 못 하겠소. 그냥 이런 세상인 게 부모로서 미안하기만 합니다."

"그게 왜 우리 잘못이오? 최 씨 말마따나 요즘에 비하면 우리 때가 훨씬 더 야만스럽고 폭력적이었는데. 근데 우리 악착같이 살아냈는데 요즘 애들은 그런 게 없잖아. 하나같이 약해 빠진 거야."

"내 생각엔 그래 약하게 만든 것도 우리 잘못이오. 우리가 너무 오냐오냐, 키운 거같소. 우리 때 생각해서 우리 애들만큼은 그런 거 안 겪게 할라고 한 게 애들한테 독이 된 거 같소. 거기다가 우리와는 전혀 다른 세상을 살아갈 애들인데 우리가 너무 못 따라가서 방향을 잡아줘야 하는 부모가 헤매니까 애들이 길을 잃는 것 같단 말이오."

대화가 사뭇 진지해지자 김 씨가 대화를 끝내려는 듯이 목소리 톤을 높여 장난스럽게 말했다.

"그래, 맞다. 그래 내가 애를 안 낳은 거요. 신경 쓸 자식도 없고, 내 한 몸 잘 건사해 낸 내가 승리자 아닌가? 맞죠? 다들 동의하죠? 크크크"

"맞지, 맞지. 김 씨네가 제일 부럽다. 이런 걱정 저런 걱정 없고. 늙은 노모나 아프지 않게 편히 잘 보내드리고 나면 이래 살기 어려운 시대를 살아간 사람으로서 할 일은 다 한 거지. 그러면 됐지, 뭐."

박 씨가 김 씨에게 맥주 캔을 가볍게 부딪치며 웃으며 말했다.

인구 붐 세대의 끝자락에 태어난 아저씨 세 명은 탁자 위 쓰레기를 정리하며 털고 일어났다. 약간 올라온 취기에 자신이 듣고 싶은 낯간지러운 격려 -너는 잘 살고 있다, 잘하는 거다-란 인사를 진심이 전혀 묻어나지 않도록 형식적으로 주고받으며 작별 인사를 했다. 내일 보자는 말과 함께 각자의 집으로 각기 다른 방향으로 향했다.

모준우 대통령과 2020 국가존속 비상조치법

 2000년대에 민한국이 인구 감소로 인해 국가 소멸 단계로 나아가고 있다는 여론이 크게 들끓게 되었고, 여러 검증을 거친 후 2050년에는 민한국이 국가 소멸이라는 초유의 사태에 직면한다는 것이 기정사실이 되었다.

 그러나 2000년대를 살아가는 국민은 당장 크게 와닿지 않는 2050년의 민한국 소멸보다는 당장의 월급과 삶의 만족도를 높이는 것이 무엇보다 중요한 일이었다. 50년 뒤에는 내가 죽어 없을 텐데, 그때 일어날 일 따위 지금의 내가 할 수 있는 일은 없다고 생각했다. 지금을 잘 살기 위해, 복지정책 정비도 시급하며 납부할 세금도 오르는데, 민한국의 미래인 다음 세대를 위한 준비를 하자는 말은 국민들에겐 남의 나라말이나 다름없었다. 막연하게, 좋은 사람 있으면 결혼하고 아이를 가지겠다는 사람들도 미래가 없다며 태어나지도 않은 아이를 위해 비혼주의로 돌아서게 만들었다.

이런 국민의 인식을 모준우 대통령은 바꿔놨다. 민한국 역사상 3번의 중임을 한 유례없는 대통령인 그는 연일 '국가 소멸'이란 위기 상황을 공론화하였고, 위기의식과 연대감, 애국심을 고취하기 위해 여론을 끊임없이 자극하였다. 국민에게 인구 소멸은 국가적 책임이며 국가가 인구 조절을 위해 노력해야 한다는 인식을 설파하며 관련법이 제정될 수 있는 당위성을 얻기 위해 노력하였다. 모준우 대통령의 이런 노력은 중산층 이상에서는 지지를 얻었고 서민들에게는 반감을 샀다. 서로 다른 이해관계를 내세운 계층 갈등으로 번지려는 찰나에 모준우 대통령은 담화문 한 번으로 민한국 국민이 대동단결하도록 만들었다.

 모준우 대통령이 '국가 소멸' 해결책을 제시한 담화문은 임신과 출산의 강제성이 포함되어 있었고 모든 국민이 반감을 보이고 직접적으로 모준우 대통령을 지탄하게 된 것이다. 국가가 그 존속을 위해 국민에게 강제적인 임신과 출산의 의무를 지운다는 기막힌 상황에, 모든 인류가 반감을 품고 온 세계가 지탄하였다. 법으로 강제한 임신과 출산은 인권유린이란 여론과 함께 민한국은 범 인권 단체의 항의, 범 여성단체의 항의로 '민한국은 국가 분열 사태를 겪는다'란 제목의 세계 뉴스가 심심찮게 등장하게 되었다. 전 세계가 민한국의 국민 정서를 지켜보며 모준우 대통령이 국가 방향성을 재고해야 한다는 입장문을 조심스럽게 표명하기 시작했다. 민한국은 위기 국가로 선정될 정도의 사회 혼란을 겪고 있었다.

 날로 여론은 악화하였고 모준우 대통령의 '국가 소멸대응책'을 비난하는 여론은 모준우 대통령에게 인신공격까지 서슴지 않는 지경에 달했다. 이런 여건과 여론 속에서도 모준우 대통령은 한결같이 올곧게 민한국의 미래를 위해 새로운 법이 필요하다고 연일 입장문을 발표하고 토론회를 열어 국민을 설득했으며 법 제정의 필요성을 역설했다.

 여론은 모준우 대통령의 탄핵이라는 결론으로 치달았다. 탄핵을 위한 국민위원회가 조직될 즈음에 극적으로 모준우 대통령을 겨누던 칼날이 유순해지는 돌파구가 생겼다. 바로 인공 자궁의 개발 성공이었다. 게다가 인공 자궁 속 태아의 성장이 5개월이면 끝나는 기술력을 확보했다는 발표였다.

모준우 대통령은 여성들이 임신과 출산에서 겪는 문제들에 대한 대책을 생각해 두었으며, 이는 한 여성이 겪어내야 할 문제가 아니라 국가가 돌보고 관리해야 할 사안이라며 강조했다. 인공 자궁 기술력을 바탕으로 여성들에게 임신과 출산의 위험성을 국가가 책임지겠다고 설득하였다. 새 생명의 탄생이 엄마의 희생을 자양분으로 해서는 안 된다고 역설하였다. 위험성은 국가가 막아내고, 아이는 엄마의 사랑으로 키우도록 하겠다고 공언했다. 만약에, 피치 못할 사정으로 인한 양육 포기 상황이 닥치더라도 절대 부모를 비난할 수 없으며 국가가 아이에게 최선을 다하겠다고 공언했다. 양육도 국가가 책임지겠으니 다채로운 유전인자를 가진 당신의 생식세포를 국가에 의무로 헌납만 하면 된다고 설득했다.

또한 피플에이드 기술이 발달해도 인간성을 대상으로 하는 양육, 교육 분야는 피플에이드의 진출을 최소한으로 막겠다고 호소하였다. 실질적으로 피플에이드 발전으로 인한 산업구조의 재편성은 불가피했고 대규모 실업 사태는 불가항력이었다. 기계가 인간을 대체하는 시대를 앞두고, 인간의 종족 유지, 번식은 인간의 보호와 감시하에 기계의 힘을 빌리는 것일 뿐이라고 천명하였다.

 사람은 사람으로 인해 성장하며 사회를 유지한다는 것이 모준우의 철학이었다. 인류의 유대를 강조한 그의 선언은 극적으로 반감론자들을 지지자들로 돌아서게 했다.

 결국 모준우 대통령의 두 번째 중임 기간에 2020 국가존속 비상 조치법이 제정되었고 국가 존속 센터가 지역별로 만들어졌다. 국가존속센터는 한마디로 모든 국민의 DNA를 관리하고 인구를 유지하기 위한 목적의 기관이다, 즉, 모든 국민의 생식세포를 제공받아 수정, 임신, 출산, 양육까지 관리한다는 신조를 지닌 기관이었다.

 그러나 당장 민한국의 모든 가임기 여성에게 난자를 기증하라는 법은 여성단체의 거센 반발과 세계인권위원회의 경고로 시행 기간을 유예하기로 했다. 2020년 출생아가 서른 살이 되는 2050년부터 의무적인 생식세포 제출을 적용하기로 법이 정비되었다. 그 당시 임신과 출산을 앞두고 있던 사람들은 태어날 아이들이 짊어져야 하는 부양세를 염려하였기에 인구 증가를 위한 조치를 암묵적으로 수용하는 분위기였다.

30년의 세월을 두고 국가는 어떻게 국민을 생산하고 양육하며 교육할 것인지에 대한 대대적인 논의를 시작하였다. 임신과 출산, 육아는 개인의 몫이 아니라 사회, 국가의 공동 의무이며 책임이란 여론이 형성되고 교육학에 대한 전반적인 논의와 제도 정비가 이루어졌다.

피플에이드 기술은 하루가 다르게 발전하였고 일년이 지나면 도시 풍경이 달라졌으며 세계지도가 달라지는 경지에 이르렀다. 그러나 국가의 존속 유지를 위한 임신 출산 양육에 대한 논의는 많은 교육학자와 철학자들의 논의를 거쳐 아주 더디게 제도가 정비되어 갔다.

2023년 6월.

 2018년 인공 자궁의 개발이 성공적이라는 과학자들의 주장은 그 실행을 앞두고 몇 차례 격렬한 논쟁에 휩싸였다. 과연 이렇게 인간을 만들어 내는 것이 옳은 일인가? 기증된 정자와 난자로 만들어진 인간이 자신의 정체성을 무엇에서 찾을 것인가? 이렇게 만들어진 인간이 올바른 사회구성원이 될 수 있을 것인가?

 1990년대에 이미 죽어버렸다는 철학이란 학문에서 학자들은 답을 찾아야 했다. 철학자들과 사회학, 교육학자들의 열띤 논의 속에 시간은 흘러갔다.

 2018년 인공 자궁 개발 성공 이후, 2020년 즈음하여 모체환경을 완벽히 재현한 인공 자궁과 인큐베이터 기술이 완성되었다. 모체의 신체 조건을 그대로 복사해 태아에게 공급되는 산소량과 혈액량까지도 미세하게 분별하여, 인공 자궁 각각마다 제공된 난자 기증자의 자궁 환경을 다르게 재현해 내기에 이르렀다. 인공 자궁 각각마다 완벽한 개별성을 갖게 되었으며 태아의 선천적 성격이나 기질에 영향을 주게 되도록 설계되었다.

2023년 6월, 선발된 불임부부의 지원을 받아 인공 자궁을 통한 첫 아이가 출생했다. 이는 민한국의 기념비적인 날이 되었다. 4.5 kg의 건강한 남아가 인공수정을 거쳐 인공 자궁에서 5개월을 보내고 예정일보다 하루 일찍 태어났다. 아이 이름은 편강안. 태어나자마자 온갖 생체 검사와 이주에 한 번씩 발달 검사, 달에 한 번은 심리검사를 받으며 아이는 성장했고 온 국민이 그의 성장을 지켜봤다. 만 3살이 되었을 때, 인공 자궁을 이용한 출산에 어떠한 장애나 부작용이 없다고 공포되었다.

한편, 이미 인공 자궁 첫 출산 이후 2023년 7월부터 국존센터는 기증받은 생식세포를 이용하여 극비리에 시험적인 인공 출산을 시작하고 있었다. 시험적으로 생산해 낼 생식세포를 구하는 일은 어렵지 않았다. 인구 증가에 이바지할 정자를 기부하겠다는 사람들은 넘쳐났다. 반면 난자는 기증자가 상대적으로 적었다. 여성들은 난자를 기부하는 것에 묘한 거부감을 느끼고 있었다. 어차피 달마다 떨어져나와 죽어가는 난자인데도 난자 기증은 마치 실제 아이를 버리는 것 같은 죄책감을 느꼈다. 정자에 비해 절대적으로 부족한 난자를 확보하기 위해 국존센터는 배상금을 걸었다. 난자 하나에 천만 원씩을 배상했다. 한편으로는 저명한 석학들을 설득하기 시작했다. 연구 기금과 일자리를 거래조건으로 내세워 생식세포를 확보하기 시작했다. 생식세포는 기증하는 순간부터 국가 소유가 되었다. 기증자에게는 어떠한 정보도 제공되지 않았고 철저히 수정 여부를 숨겼다.

 국존센터의 상층부에서는 이렇게 만들어진 아이들이 외부와 단절된 채 자라고 있었다.

2040년 7월 20일

국존센터 85층.

이조은은 8503호 문을 손바닥으로 두들기며 사정하고 있었다.

"서린아, 문 좀 열어 봐, 문 열고 얼굴 보고 이야기하자. 응? 이렇게 숨는다고 해결될 문제가 아냐. 응? 문 좀 열어 봐."

쾅. 쾅. 쾅 두들기고 있는 문 안쪽에서는 기척이 없다. 이조은은 서너 번 똑같은 말을 되풀이했지만, 여전히 반응이 없었다.

"서린아, 니가 혼자 시간을 갖고 싶다고 하니까 일단 내가 좀 기다릴게. 맘 풀리면 그때 얘기하자. 이모 기다릴게. 알았지?."

조은은 문 앞에서 떨어지며 발길을 돌렸다.

"서린이 또 삐졌어요? 이번에는 뭐 땜에 그래요? 그래도 금방 풀리니까, 문 열고 나오면 제가 잘 말해볼게요. 이모 걱정하지 마세요."

8504호 방주인 강수찬이 자기 방문을 잡고 웃으면

서 조은에게 말을 건넸다.

"서린이 전시회가 천양시에서 열리는데, 거기를 가겠다고 하잖니. 아직 허가가 안 났는데도 가겠다고 고집이네. 서린이한테 말 좀 잘해주겠니?."

"아, 서린이가 어제 이야기하던데요. 그 전시회에 진짜 아끼는 작품이 하나 있나 봐요. 그 작품, 전시를 완벽하게 하고 싶은가 봐요. 외출 허가가 나긴 할거죠? 그럼 제가 좀 며칠만 참아보라고 얘기해 볼게요."

"응, 부탁한다."

조은은 수찬의 어깨를 가볍게 두들기고 사무실로 향했고 수찬은 그런 조은의 뒷모습을 보며 가볍게 한숨을 쉬며 방문을 닫았다.

85층은 원형으로 공간이 이루어진다. 가운데 로비를 중심으로 스무 개의 열 평 남짓한 방들이 존재하고 원형 로비 한쪽은 길게 복도로 길이 나 있었고, 복도 양옆으로 열세 개의 사무실이 있었다. 복도 끝에는 다른 원형의 로비가 넓게 네 개의 칸막이로 공간을 구분되고 열다섯 개의 테이블과 소파와 의자들이 공간을 채우고 있었다.

조은은 교사들이 쓰는 사무실로 들어가 최서린의 파일을 열고 방금 일어난 일이 담긴 영상을 저장하고 짧게 '상황 주시할 필요 있음.'이란 설명을 달았다.

저녁 식사 시간.
수찬은 드링크제 하나와 풍성한 샐러드가 올려진 식판을 들고 서린이를 찾았다.
서린이는 창가 쪽을 좋아한다. 오늘도 그쪽을 먼저 눈으로 훑었더니 역시나 모니터를 켜두고 샐러드를 포크로 찍어대고 있었다. 수찬은 빙긋이 웃으며 서린의 맞은편에 자리를 잡고 앉았다.
"먹을 거니? 다시 요리 중인 거니?"
"남이사.."
서린은 수찬의 웃는 얼굴을 한 번 쓱 보더니 그대로 모니터에 시선을 돌렸다. 모니터 속에는 천사를 표현한 그림들이 몇 분 간격으로 교체되어 나타났다.
"카바 넬의 타락 천사, 밥 친구로 하기엔 좀 살벌하지 않니?"
"남이사..."
"야, 그 천사님 눈빛으로는 다 안 먹으면 포크로 찔

러 죽이겠다. 너 그거 다 먹어야 해."

"........."

"저번 그림 중에 '탄생'의 후속작이 그 타락 천사인 거니? 좀 식상한데?"

서린은 수찬의 말에 움찔하였다. 수찬의 말대로였다. 서린이 이제껏 그렸던 그림들 중에 가장 힘을 줬던 작품이자 가장 애정하는 작품이 '탄생'이었다. 그 후속으로 천사를 생각 중이었는데 익숙한 그림들만 떠올라서 애를 먹고 있는 중이었다. 수찬의 말대로 너무 뻔한 것 같아 다른 방법을 찾아야겠다는 생각이었는데 의중을 들켰다.

"아냐, 그냥 살펴본 거야"

"'탄생' 이후로 타락 천사보다는, 양자 장과 입자가 서로 얽힌 상호작용에서 발생하는 4차원의 시공간의 출현을 다루는 게 어때? 탄생 이후 시공간의 출현을 주제로 잡아도 괜찮을 것 같은데...."

"....... 생각해 볼게."

서린은 수찬의 말이 반쯤은 흘려듣다가, '시공간 출현'이란 말에 퍼뜩 정신이 차려졌다. 괜찮은 아이디어 같았다.

수찬은 늘 이런 식이었다. 가만히 보고 있다가 해결책을 툭-던져주고는 잘 해 내고 있다는 확언과 절대적 지지를 보내주는 든든함이 있었다. 서린은 어릴 적 그런 수찬에게 고마운 마음이 들었지만 매번 느끼는 고마움도 이제는 당연하게 되었다. 당연하게 수찬은 서린이의 편이라 생각하였고, 고마움도 당연한 게 되었다. 서린이는 그런 관계가 '가족'임을 막연하게 느끼고 있었다. 자기가 언니나 누나라면 동생에게는 저렇게 하는구나 하는 것을 수찬을 보며 배우고 있었다.
 "그래, 잘 생각해 봐. 그리고 이번 천양시 전시회는 나랑 같이 가보자. 혼자 가겠다고 하지 말고, 나도 그 '탄생'이 조명 받는 모습 다시 보고 싶어. 같이 가자."
 "조은 이모가 안 된다고 했구나?"
 서린은 벌떡 일어났다. 당장 사무실로 가서 조은 이모와 다시 담판을 지어야 했다. 그때 호준이 식판을 가지고 서린 옆자리에 앉으며 서린의 어깨를 눌러 다시 자리에 앉혔.
 "수찬이 이야기 들어봐."
 호준은 말을 끝내자 받아온 식판의 드링크제를 뜯어 꿀꺽꿀꺽 삼키고 빠른 속도로 입에 샐러드를 욱여

넣기 시작했다. 서린은 힘으로 자신을 의자에 앉힌 호준을 노려보고 앉아 있었다.

"네가 애정하는 그림인 건 아는데, 이미 외출 한도를 넘겼어. 이번만 참으면 다음 전시회는 네 명성이 더 올라서 널 못 막을 거야. 네 의사가 더 반영될 수밖에 없을 테고. 제발 이번 전시회까지는 센터가 하라는 대로 하자. 호준이랑 내가 열심히 밤마다 평단 여론 만들고 있는 거 생각하면 너 우리 말 들어줘야 한다."

수찬이 식탁 위로 서린에게 몸을 굽혀 작고 빠르게 말했다. 서린은 반쯤 듣다가 호준이가 기계적으로 입속으로 샐러드를 퍼넣고 있는 손을 잡아챘다.

"사람은 그렇게 밥 먹지 않아. 사람처럼 보이고 싶으면 일단 입속에 있는 것부터 씹어 다 삼켜."

이번에는 수찬이 서린에게 팔을 잡힌 호준이를 보며 웃으며 말했다. 호준은 둘의 얼굴을 보더니 이내 허공에 시선을 두고 이번에는 기계적으로 입만 움직이기 시작했다. 서린과 수찬은 호준이 미동 없이 입만 움직이는 모습을 보고 둘 다 동시에 가볍게 한숨을 쉬었다.

"조은 이모한테 한 번 더 말해볼래. 더 이상 간섭하

지 마."

"알았오. 단, 안 된다고 해도 성질 부리기 없기. 너 성질 부리면 85층 전체가 히스테릭해져. 저 피플에이드들이 든 빗자루가 총으로 변하는 걸로 보여. 그러니 지구 평화를 위해 성질 좀.."

"뭐래..,.."

"아냐, 아냐, 밥 먹어. 얼른 먹어, 다 먹어."

수찬이 웃으며 왼손을 뻗어 서린의 어깨를 토닥이는 시늉을 했다. 허공을 보며 입만 움직이던 호준이 그 모습을 보더니 눈을 다시 식판에 두더니 포크를 집어 샐러드를 집어 올렸다. 호준이의 먹는 속도에 맞춰 셋은 자기 식판의 음식을 빠르게 먹기 시작했다.

새벽 2시. 서린은 방문을 열고 복도 끝 두 번째 로비 제일 오른쪽 구석 창가로 가기로 마음먹었다. 그 창가에서만 저 멀리 현천강과 미리내타워가 보였기 때문이다. 로비에 막 들어섰는데 인기척이 났다. 자신이 앉아 창밖을 바라볼, 그 창가 자리에 이미 누가 앉아 있었다. 서린은 어둠 속에서 가만히 그 사람이 누군지 바라봤다. 8505호 김호준이었다. 그 앞에 피플에이드가 유리창에 숫자보다 기호와 영어가 더 많은 공식 같은 걸 비춰주고 있었다.

"방해하지 마, 나도 안 할게."

호준이는 매사 이런 식이었다. 쌀쌀맞고 표정 없고 감정을 비치는 일이 없었다. 무엇보다 수찬이와 같은 다정함이 없었다.

"알았어. 조용히 있다가 갈게."

서린은 가지고 온 스케치북과 연필을 들고 호준이 근처 테이블에 앉았다. 서린이는 밤이 주는 분위기에 영감을 얻었고 그래서인지 어두운 배경의 그림들이 많았다. 그 그림들이 15살 여자아이가 그린 그림이라는 것이 알려졌을 때 AI를 뛰어넘는 인간이란 극찬들이 쏟아졌었다. 서린이는 자신의 그림이 억 단위를 호가하며 전 세계적으로 주문을 받는 그림이라는 것을 알지 못했다. 팔린 그림값은 센터 기금으로 처리되어 이런저런 공금으로 사용되었다. 여기 아이들은 허가 없이는 밖으로 나갈 수 없었으며, 바깥 세계의 정보는 차단되어 외부와 격리된 채 이 85층 안에서만 살고 있었다.

호준은 리만제타함수와 양자역학의 입자 에너지 분포함수가 일치하는 것에 대해 생각하고 있었다. 이제 막 생각을 펼치기 시작했는데 방해를 받았다. 최서린이 호준의 공간에 들어선 것이다. 호준과 서린, 수찬은 같은 날에 수정되어 인공 자궁에 착상되었고 같은 날 다른 시간에 태어난 사이이다. 유전적으로는 서로 겹치지 않는 유전인자를 가지고 있다고 했다. 난자를 제공한 엄마 성을 받아서 각각 최서린, 김호준, 강수찬이란 이름을 받았다. 셋은 여기서 같이 컸다. 같은 날 태어났기에 5살이 될 때까지는 같은 방에서 자랐다. 서로의 똥오줌도 몇 번씩은 본 것 같다. 형제나 다름없었다.

 호준은 어릴 때부터 서린이를 관찰하는 것이 재밌었다. 서린이는 이해할 수 없는 행동들을 자주 했다. 8살 때, 서린이 본인 얼굴을 까맣게 색칠하고 수업을 받으러 왔었다. 그날 하루 종일 서린이는 세수를 하지 않았다. 그 뒷날은 하얗게 오른팔을 칠하고 왔었다. 어떤 날은 창문 유리에 얼굴을 문지르고 있었고 어떤 날은 바닥을 기어다니다가 피플에이드들에게 로비에서 방으로 실려 가기를 반복하기도 했다. 호준은 창밖에 붙어있던 나비 한 마리를 보는 눈으로 서린이를 바라보게 되었다. 신기한 아이였고 이상한 행동을 하는 아이였다. 그런 아이가 콩테와 물감을 잡더니 눈빛이 빛나기 시작했다. 빛나는 눈빛으로 서린이가 완성한 그림은 서린이만큼이나 이상했다. 호준은 완성되었다는 그림들 위로 늘 서린이의 까만 눈과 겹쳐 보였다. 완성된 그림들을 볼 때마다 까만색으로 덮어버리고 싶다는 충동을 느꼈다.

새벽 2시, 국존센터 85층 두 번째 로비에서 17살이 된 서린이와 호준이가 각자 생각에 잠겨 말없이 시간을 보냈다. 서린이는 밤공기를 그려내려 애썼고, 호준이는 그런 서린이를 관찰하며 우주공간의 액시온을 떠올렸다. 같은 공간에서 각기 다른 시간을 보내고 어스름히 동이 틀 무렵 서린이가 먼저 자리를 떴다.

오전 10시.

교무실에 세 명의 선생님이 각자 모니터를 보며 15명 아이 중 담당하는 아이들의 컨디션과 일정을 확인하고 있었다.

"간밤에 서린이와 호준이가 밤을 새웠나 보네요. 호준이는 로비에 자정부터 새벽 5시까지 머물렀네요. 호준이가 피플에이드와 동행해서 둘 사이에 무슨 말이 오갔는지 파악했는데, 자, 여기서 문제, 둘은 무슨 대화를 했을까요?"

호준을 담당하는 필립이 의기양양하게 이조은과 양지훈에게 말했다.

"서린이와 호준이라면 알기 쉽죠. 정답은 대화 없음입니다."

"역시, 조은쌤. 애들 파악이 정확하시군요."

".........이런 관계가 바람직하진 않잖아요. 모르는 사이라도 인사말 정도는 주고받을 텐데…. 또 그렇게 하라고 교육했는데, 쉽지 않네요."

"성격 문제죠 뭐. 타고난 성향이 그런 것 같은데 우리가 강제할 수도 없고, 더 세심하게 관찰하고 개입해야 할 것 같아요."

양지훈이 모니터에서 눈을 떼며 말했다.

"수찬이처럼 커다란 리트리버 같은 성격도 있고, 아비시니안 고양이 같은 서린이 성격도 있고…. 흠…. 호준이 같은 호준이 성격도 있죠."

양지훈의 말에 조은과 필립은 웃었다.

"전 사실 호준이가 좀 어렵고, 나쁘게 말하면 무서워요. 어떻게 대하더라도 그 감정 없는 눈동자와 마주치면 할 말이 턱 막히곤 해요."

조은이 조심스레 말했다.

"상위 0.00001의 유전자를 가진 아이들 15명인데 이런 아이도 있고 저런 아이도 있죠. 우린 아이들이 잘 커가는지 관찰자 역할입니다. 아이들이 올바로 자라도록 최상의 환경을 제공하고 최상의 교육이 제대로 제공되는지를 파악하는 게 우리 일이라 생각하면 저는 마음이 좀 편합니다."

필립의 말 속에는 아이에게 필요한 '사랑', '훈육' 이런 개념들이 없다는 것을 조은은 파악해 냈다. 필립은 저 아이들에게 우리가 부모는 아니지 않냐고 말하는 것이다.

여기 거주하는 아이들은 국존센터가 만들어지고, 기증받은 정자와 난자 중에서 유전적 형질이 훌륭한 생식세포를 선별하여 만들어진 아이들이다. 대부분이 영재였으며 그중에서도 IQ를 나타내는 숫자 중에 가장 높은 수를 만들어 낸 것이 호준이었다. 뛰어난 아이였다. IQ 가 높은 만큼 같은 공간에서 나고 자란 영재들조차도 호준이의 대화 상대가 되어 주지 못하였다. 사람들과의 의사소통이 잘 안되었고, 누구보다 외로움을 더 많이 느끼게 된 아이였다.

"십 년을 봐왔지만 호준이는 속을 모르겠어요. 앞으로 3년 뒤에는 독립해야 하는데, 저래서는 센터에 그냥 머무는 것이 나을 것 같다는 생각이 듭니다."

조은이 걱정스러운 마음을 담아 말했다.

"대부분은 하루라도 빨리 박차고 나가고 싶어 하는 걸 보면 호준이는 어쩌면 남는 걸 선택할 수도 있겠다 싶어요. 물리학은 굳이 세상 밖으로 나가 생활하지 않아도 연구할 수 있을 테니…."

양지훈이 밝게 말했다.

"반사회성 성격장애가 여기 센터 안에서는 큰 문제가 되지 않지만, 바깥 사회를 호준이가 어떻게 받아들일지는 추적조사를 해 봐야 할 것 같아요. 혹여 호준이라면 바깥세상이 맘에 안 든다고 핵 자기장을 실행시켜 버릴 수도 있지 않을까 싶어요."

"호준이와 제일 시간을 많이 보내시는 필립쌤이 그렇게 말하면 진짜 가능성이 높은 거잖아요. 너무 무서워지는데요?."

조은이 다시 걱정스러운 어투로 말하자 필립이 다소 목소리 톤을 높여

"그러니까 애초에 왜 유전자 조작을 하느냐는 말이죠. 우수 유전자만 골라서 만들어 낸 인류가 사회 부적응자, 나르시시즘에 공감 능력 모자란 사이코패스, 소시오패스라니, 이건 인류의 종말 아닌가요? 원론적으로 우수한 유전자라는 것의 정의가 뭔가요? 재능이 있는 것? IQ가 높은 것? 돈을 잘 버는 것? 그 기준이 뭐였냐는 거죠. 누구에게나 다른 재능이 있고 우수한 면이 있고 그것이 잘 어울려 사회의 다양성을 구성하는 건데, 그 다양성을 배제하고 몇 가지 기준으로 우수하다고 선별되어 시험적으로 만들어 낸 저 아이들이 저는 너무 딱합니다."

"필립쌤 흥분하셨어요. 워~ 진정하시고. 일단 우리는 우리 일에 최선을 다합시다. 저 아이들이 바깥세상에서 혼자 살아갈 힘을 기르도록 교육하는 것이 애초 우리 일이잖습니까? 무조건적인 애정을 쏟는 부모 노릇은 못 해도, 이모 삼촌 역할 정도는 하라고 우리 호칭도 그렇게 불리잖습니까? 자, 오늘도 그런 마음으로 하루 시작해 봅시다."

양지훈이 밝은 목소리로 두 사람을 향해 말했다. 조은은 찜찜한 기분을 느끼며 자리에서 일어섰다. 센터

바깥으로 나가 전시회를 감독하겠다는 서린이를 어떻게든 설득해야 할 생각에 맘이 무거워졌다.

2020 국가존속 비상 조치법 제1조 (목적)

이 법은 인구 저하로 국가 소멸을 막기 위한 조치를 사전에 효율적이며 신속하게 취함으로써 민한국의 유지와 국가 보위를 확고히 함을 목적으로 한다.

제2조 제1항

2020년 1월 1일 00시 이후 출생하여, 출산하지 않은 민한국 국적의 국민은 만 30세 생일 전까지 국가에 자기 생식세포(정자나 난자)를 납부해야 할 의무를 가진다. 이를 국가 존속을 위한, 국존의 의무라 칭한다.

제2조 제2항

2020년 1월 1일 00시 이후 출생하여 생식세포 국존 의무 납부 대상자가, 친자관계가 성립하여 자신의 성씨를 출생신고하는 아이에게 물려주었을 때를 출산으로 인정한다.

제2조 제3항

국존의무 납부 대상자가 국존 의무 기간 만기 (만 30세) 기간 안에 아이를 입양하여 성을 물려줬을 때는 국존의 의무를 다한 것으로 갈음하여 납부 대상자에서 제외한다.

2050년 1월 3일.

국존법 시행 3일 차.

"오늘은 국존법 시행 3일 차입니다. 오늘 문한시에서 국존의 의무를 시행할 시민은 열세 명이며 센터를 방문할 시민은 열 명으로 파악되고 있습니다. 센터 앞에는 인터뷰하기 위해 기자들이 모여있는데요, 이른 시간이라 아직 대상자는 보이지 않습니다.

시민 여러분도 알다시피 국존의 의무가 시행되기까지 우리는 많은 사회적 혼란을 겪었고 이렇게 사회적 합의가 원만히 이끌어져 법이 시행된다는 것이 감격스러운 날입니다. 무엇보다 국존의 의무를 다하는 납부 대상자 여러분에게 깊은 감사를 드립니다. 쉽지 않은 결정이지만 국가존속에 이바지하신다는 자부심을 가져주시기를 바랍니다. 모든 국민 여러분이 납부 대상자에게 감사의 마음을 갖고 있다는 것을 다시 한번 말씀드립니다."

"누나는 언제 가?"

"안 갈 건데?"

"안 간다고? 진짜? 안 가도 돼?"

식탁에 앉아 커피를 마시던 한나는 잔을 내려놓았다.

"그냥 벌금 내고 말 거야, 이게 무슨 짓이야? 난 아이 낳을 생각도 없고, 내 아이를 남길 생각도 없어."

"와, 역시 누나답네. 난 또 혹시나 했다. 근데 아빠·엄마도 아셔? 그러라고 해?"

"뭔 상관이야? 내가 안 하겠다는데."

"흠 그건 좀 위험한데? 아빠는 저 법 찬성하는 것 같던데. 뭐라고 하시려나."

누나를 놀리듯 래비는 싱긋이 웃으며 말했다.

"너나 걱정해, 너도 내년이잖아? 저 국존센터 가서 바지 내리고 기계 앞에서 자위하기 싫으면 지금부터 부지런히 애 만들어야 하지 않나?"

"누나!"

"네 걱정이나 하라고. 괜한 오지랖 부리지 말고."

래비는 자신에게 시선을 고정하고 천천히 커피잔을 드는 누나를 보며 진저리를 쳤다. 뭔가에 심기가 뒤틀렸기에 말이 날카로우리라. 괜히 건드리지 말자 싶어 식탁에서 일어나 거실로 자리를 옮겼다.

거실에는 어머니가 국존센터 앞을 비추는 뉴스를 보며 커피를 들고 계셨다.

"엄마, 누나는 저거 안 할 거라는데, 그럼 어떡해?"

"벌금이 30억이란다. 그냥 잠깐 갔다가 오라는 데도 안 하겠대. 무슨 똥고집인지."

"벌금은 누나 돈으로 내는 거지? 부모님이 내주는 거야?"

"아냐, 너희 아빠 성미 알잖니. 너희 아빠가 노발대발하는데도 꿈쩍도 안 해. 지가 가진 지분이랑 주식 팔아서 충당하겠다고 해서 너희 아빠가 더 화가 나셨어. 어휴, 저 똥고집, 지 자존심 값이 30억보다 값어치 있다고 벌금 내고 말겠다고 하네."

"아니, 아픈 것도 아니라고, 저렇게 뉴스에서 도배하는구먼, 그게 뭐라고 30억을 버린대? 와, 누나답다. 누나 자존심은 30억보다 비싸다고 자찬하는 거지? 근데 여론이 납부자들을 저렇게 띄워주는데, 누나가 벌금 내고 말면 우리 이미지에 타격이 있겠는데?"

"어휴, 그래서 너희 아버지가 난리 아니냐. 국존 센터에 납부 안 할 거면 내년까지 애를 하나 만들어 오라고 하시더라. 일단 아빠를 봐서라도 누나도 뭔가 행동을 하겠지. 정 안되면 내가 입양이라도 할 생각이다. 후계자가 애가 없다는 건 정부의 정책에 반하는 거라 불이익이 많다고 했는데도 저리 고집이니. 지가 회사 물려받고 싶은 생각이 있으면,어디서 애라도 만들어 오겠지."

"어떤 의미에서는 누나 대단하네. 역시 후계자."

래비는 손뼉을 짝짝 치는 시늉을 하며 거실 저편 식탁에 앉아있을 누나를 향해 크게 말했다.

"너도, 어디 참한 아가씨 있음 잘 의논해 봐, '김' 씨 성을 물려줘야 납부 의무자에게서 벗어난다고 하니 너도 급해. 이왕이면 뱃속에 열 달 잘 품어줄 맘 착한 아가씨로 알아봐라. 응?"

"요즘 아가씨들 다 피임하고 있고 애 안 낳으려 그래요. 알면서 엄마는."

"으응? 인물 좋아, 성격 좋아, 재력도 갖춰, 너만 한 남자가 어디 있다고 널 마다하겠니? 네가 눈이 높은 거지. 잘 찾아봐."

"아니, 엄마, 누나부터 봐봐, 국존의무도 안 한다잖아. 참한 아가씨들은 애 낳을 생각 안 해."

"그러게, 어쩌다 이렇게 됐니…. 옛날에는 남녀가 연애하고 가정을 꾸리고 애를 키우며 삶을 완성했는데, 요즘은 혼자서 연애하고 혼자 살고 혼자 애 키우고, 왜 그런다니…."

"엄마, 타인은 지옥이야, 그 옛날에도 여자들은 애 안 낳고 이혼하고 혼자서 잘 먹고 잘살고 싶었을걸? 다른 방법이 없으니, 남자랑 애 낳고 산 거잖아."

"어머머, 애 말하는 것 좀 봐."

"엄마가 말하는 건 선사시대 얘기고, 우리는 괜히 다른 사람과 얽히는 것보다 혼자 잘 먹고 잘 살다 죽으면 되는 세대고. 웬만한 건 저 피플에이드들이 다 채워주는데, 굳이 감정 소비하며 살고 싶진 않아."

"그래서 애 안 만들겠다고? 안 돼. 너마저 그렇게는 안 돼. 그 훌륭한 유전자 왜 혼자 가지고 가려 해? 남기고 가. 넌 절대로 애 만들어 와."

"엄마!"

래비는 엄마에게 한 대 맞은 등짝을 과장되게 털면서 자리를 떴다. 출근 준비를 하며 옷을 갈아입다 거울에 비친 자기 성기를 바라봤다. 내년 8월이 국존의무 납부 기한이다. 래비는 사람으로 살아간다는 것에

이 성기가 얼마나 이바지하는지가 문득 궁금해졌다. 성기가 없어도 사람으로 살아갈 수 있는 세상이지 않나? 굳이 이걸 달고 있을 필요가 있나? 남녀 성 구별도 무의미하지 않나? 온갖 자극이 넘쳐나는데 굳이 이걸 여자 몸에 넣는 쾌락을 좇는 건 야만적이지 않나? 성기가 없어도 생식과 번식을 할 수 있는 시대에 사람이 사람이라서 가치가 있다는 건 헛소리지 않나? 이런 잡생각을 하며 옷을 갖춰 입고 래비는 집을 나섰다.

한나는 래비가 어머니께 등짝을 한 대 맞은 후 툴툴거리며 일어서는 모습을 보니 기가 찼다. 거실에서는 여전히 국존센터를 비추며 국존의 의무를 다하는 사람들에 대한 치하를 과하게 늘어놓고 있었다. 커피를 마시고 있는 입이 썼다.

아버지는 한나가 국존센터에서 아예 손주를 만들어 오시길 원하셨다. 수국 기업의 둘째 아들과 이야기가 되어 있다고 날짜만 잡으라고 하셨다. 수국 기업 둘째 아들이라면 한 번 마주친 적이 있었다. 성품은 어떤지 몰라도 겉은 멀끔했고 떠도는 평판도 나쁘진 않았다. 그런 남자와 아이를 만들어 오라는 아버지의 말씀은 거부감과 혐오감이 동시에 들었다. 아이를 만들어만 오면 그다음엔 아버지가 모든 걸 알아서 하시겠다고 했다. 뻔했다. 피플에이드를 셋쯤 붙여놓으시겠지. 그 위에 관리자 하나 붙여놓고 어릴 때부터 필요하다고 생각하는 교육만 하고 분재를 키우듯 쓸모없다고 여기는 건 가차 없이 잘라내고 입맛에 맞게 피플에이드와 당신을 반반쯤 닮은 아이를 만들고 싶으실 것이다. 만들어진 아이기에 아이의 성장도 길들이는 대로 만들어질 것으로 생각하신다.

한나는 아버지의 이런 생각에 생식세포로 존재하는 자신의 아이를 내줄 생각이 더더욱 안 들었다. 직접적으로 세포를 나누어 만들어 낸 자신과 동생도 뜻대로 안 되신다는 걸 경험하셨을 텐데, 국존센터에서 만들어진 아이는 그럴 수 있을 거로 생각하는지 이해가 되지 않았다.

일과를 마치고 얇은 슬립 차림으로 와인 한 잔을 들고 문한시 야경을 바라보는 이 시간이 한나는 좋았다. 낮 동안 사람들에 둘러싸여 이런저런 결정들을 내리고 숫자들만 들여다보는 시간은 신경을 곤두서게 했다. 좋은 향이 나는 목욕 제품을 음미하며 몸을 담그느라 내려간 체온을 와인으로 다시 덥히는 이 시간에서 한나는 오롯이 자신을 되찾는 시간으로 느꼈다.

 문한시는 여러 가지 색깔로 반짝거리고 있었다. 거리 곳곳의 전광판에서는 현란한 광고가 쉴 새 없이 바뀌고 있었고, 도로를 달리는 1차선과 도로 위를 달리는 2차선의 차들은 각기 다른 속도로 빛꼬리를 그리고 있었다.

 "음악을 준비하겠습니다."

 조용히 야경을 응시하고 있는 한나에게 어느새 피플에이드 '리오'가 카디건을 들고 다가왔다. 한나는 리오가 자기 어깨에 카디건을 덮어주는 동작을 하나씩 되새겼다. 리오가 카디건을 덮어주고 그대로 한 걸음 물러섰을 때 한나는 리오의 손을 잡았다. 리오는 붙잡은 한나의 손에서 체온과 심박을 분석하고 호흡의 깊이와 피부에 분비된 체액을 분석했다. 조용히 눈을 들어 한나의 홍채 크기와 얼굴 근육을 분석했다. 불과 3초의 시간에 모든 분석이 끝났다. 리오는 허리를 살짝 굽혀 슬립 차림의 한나를 조심히 앉아 올리며 가사를 담당하는 D2 모드에서 잠자리를 담당하는 R1모드로 전환을 끝내고 침실로 발걸음을 옮겼다.

"나가 봐."

부드럽게 한나의 몸을 감싸고 있던 팔을 거두고 리오는 조용히 방을 빠져나갔다. 한나는 이불로 몸을 칭칭 감고 똑바로 누워 천장을 바라봤다. 몸의 열기가 빠르게 식어가는 걸 느꼈다. 조금 전까지는 몸이 달아올라 남자의 몸을 갈구하였고, 몸 위의 체온과 압박감을 느끼며 몇 번의 절정을 맞이했다. 약간의 근육통과 나른함을 느낄 때쯤이면 리오는 한나를 부드럽게 감싸안으며 손끝과 입술로 한나의 열기가 다시 시작되길 기다린다. 하지만 리오가 만들어 주는 열락의 시간이 끝나면 한나는 자기 몸을 어루는 리오의 손끝이 귀찮았다. 그냥 조용히 혼자 시간을 보내고 싶어져 방에서 내보냈다. 리오와는 한 번도 한 침대에서 아침을 같이 맞아본 적이 없었다. 아니 그 누구와도 아침을 침대에서 같이 맞아본 적이 없었다.

한나는 자기 신체와 자신도 갈피 못 잡는 자신의 요구를 정확하게 파악해 충족시켜 주는 리오와의 잠자리가 만족스러웠다. 이런 잠자리를 피플에이드가 아닌 다른 사람과 하는 건 어떨까, 잠깐 생각해 봤지만 그리 만족스럽지 못할 것이란 생각이 들었다. 내 몸이 요구하는 바를 알려줘야 하고 상대가 요구하는 것을 맞춰줘야 하는 과정들이 생각만 해도 거추장스럽고 귀찮았다. 시간 낭비 같았다. 어차피 잠자리에서 느끼는 쾌락은 피플에이드가 더 근사하다는 것이 사람들의 결론이었다. 기계는 자신의 요구사항이 없었고 무조건 잠자리 주도권을 대상자에게 맞추었기에 기계와의 섹스 그 자체로 극강의 쾌락을 누리고 좇는 시대였다. 그 극강의 쾌락은 사람과 사람의 관계가 아니라 사람과 기계의 관계에서 도파민과 세로토닌, 엔도르핀이 더 많이 분비된다는 연구 결과까지 뒷받침되고 있었다.

한나는 칭칭 동여맨 이불자락을 턱밑까지 끌어올리며 모로 누웠다. 약간 웅크린 자세가 잠이 잘 왔다. 한나는 잠을 청하면서 아버지를 어떻게 설득해야 할지 잠깐 생각했으나 이내 잠이 들었다.

한나의 침실 벽 반대쪽에 대기하던 리오는 한나의 체액과 윤활제가 묻었던 자기 몸을 세척하고 소독하였다. 방 안의 한나의 고른 숨소리가 확인되자 자신의 둥지 터로 자리를 옮기고 충전을 시작했다.

2050년 5월 30일.

 오늘은 천이진과 천세진의 생일이다. 둘은 일란성 쌍둥이이며 오늘 서른 번째 생일을 맞이했고, 미혼이다.

 2020년 국가존속법이 제정되면서 만 30세가 되기 전에 아이를 출산하지 않은 모든 국민은 자기 생식세포를 국가에 제출해야 한다. 남자는 정자를, 여성은 난자를 제출해야 한다.

 천이진과 천세진도 서른 번째 생일을 맞아 더는 미룰 수 없기에 오늘은 국존센터, 즉 국가 존속 센터에 난자를 제출하러 가야 한다.

 "왜 우리가 처음이어야 하는데? 왜 우리부터인 건데? 왜 기니피그인 거냐고?"

 세진은 있는 힘껏 투덜거렸다.

 "유급휴가에, 번거로운 생리와도 안녕일 테고, 난 좋은데?"

 이진이 대답했다.

 국존의 의무가 처음 실행되는 올해는 매일의 뉴스가 의무를 다한 여성에 대한 칭찬과 고마움을 표현이

빠지지 않았다. 국존센터를 매일 비추는 뉴스에선 아프지 않으며 손쉽게 시술이 된다는 인터뷰가 계속 방송되었다. 국존의 의무를 다하는 여성에게는 법으로 보장된 일주일의 유급휴가가 주어지며 3개월 전부터 생체리듬과 건강 상태를 확인할 담당자가 붙여졌다.

 국존 센터에서 파견된 차량이 둘을 문 앞에서 기다리고 있었다. 센터에는 10시까지 도착해야 했다.

 센터 입구 방문자 구역에서 신분 인증이 끝나자 문이 열리고 배정받았던 담당자가 두 사람을 맞이했다.
"안녕하세요? 실제로는 처음 뵙네요. 임진아입니다. 실물이 훨씬 미인이시네요. 제가 기가 좀 죽는대요? 이렇게 국존의 의무를 다해 주시러 방문해 주셔서 정말 감사드립니다. 또한 전 국민을 대표하여 두 분께 감사 인사드리겠습니다. 앞으로 이진씨와 세진씨가 이틀 동안 어떤 절차를 거치게 되며, 어떤 선택 사항이 있는지 알려드리겠습니다. 불편하시거나 궁금한 사항들은 바로 조치해 드릴 테니 편안하게 머물러주시면 감사하겠습니다."

국존센터는 90층 건물로 저층에서 임신 관련, 중간층에서는 출산과 신생아 관리, 고층에서는 유아와 아동의 양육과 관련한 업무를 구역별로 분담하고 있었다.

"여기 1005호가 여러분이 오늘 사용하실 숙소입니다. 안면 인식 잠금장치 등록해 주시고 인테리어는 기본 모듈로 설정되어 있으며 변경은 여기서 가능합니다. 식사는 12층 식당을 이용하시거나 룸서비스를 이용하시면 됩니다."

숲이 보이는 창밖 풍경과 깔끔한 흰색 인테리어가 맘에 들었지만 세진은 이것저것 다른 모듈을 눌러보았다. 방의 네 벽면이 모두 설산 풍경으로 바뀌거나 정글 속, 바닷속 산호 풍경까지 스무 가지 정도의 다른 모듈이 있었다. 네 벽면이 바뀔 때마다 방안 가구의 모양과 색깔이 달라졌다.

"그만하지?"

이진의 점잖은 경고를 듣고 세진은 입을 삐죽거리며 사막 배경 모듈로 바꾸었다. 연노란색으로 가구 색깔이 바뀌었고 어디선가 모래 냄새가 은은하게 방 안을 채웠다.

"일단 이 약을 드셔주세요. 배란을 촉진하는 약이라 약간의 아랫배 통증이 있을 수 있습니다. 일단 12층 식당에서 식사하시고 휴식을 취하시길 바랍니다. 두 시간 뒤에 모시러 오겠습니다."

임진아는 그렇게 말하고 물처럼 보이는 작은 유리병을 두 사람에게 건넸다. 세진은 투명한 유리병을 흔들어 보고 병을 굴려보았다. 이진은 말없이 유리병 안의 액체를 삼켰다. 그 모습을 보고 세진도 병의 액체를 들이켰다. 아무 맛이 없는 물이었다.

"언니, 난 좀 떨린다. 언니는 괜찮아?"

세진이 침대에 털썩 누우며 말했다.

"각오하고 왔는데도 좀 무섭긴 하다."

이진도 세진의 아무렇게나 뻗어있는 팔을 치우며 옆에 누웠다. 큰 침대에 누워 파란 하늘과 구름이 천천히 느리게 흘러가는 모양을 자매는 말없이 지켜봤다.

"언니는, 어떻게 할 거야? 아이 낳을 거야?"

세진이 재촉하듯이 물었다.

"글쎄, 잘 모르겠어. 근데 우리를 닮은 아이 보고 싶지 않아?"

"언니, 무슨 그런 말을. 난 언니로 충분해!"

세진의 기겁하는 듯한 말에 이진은 가볍게 웃었다.

두 시간 뒤 임진아가 가운 두 벌과 바지를 들고 다시 찾아왔다. 약을 먹고 난 뒤 배가 아픈지 물었고 못 참을 정도는 아니라서 이진과 세진은 괜찮다고 했다. 세 사람은 15층의 검진센터로 향했다.

15층은 메디컬센터로 난자 추출을 위한 현재 몸 상태에 대해 검진하는 곳이었다. 가운을 입은 세진, 이진 외에 열 명 정도의 여성이 검진을 받고 있었다. 모두 서른 살 동갑의 여성들이란 생각이 들자 세진은 이 상황이 좀 우스꽝스러워졌다. 검진은 각 기계들 앞에 몇 초씩만 서 있으면 되는 일이라 분위기는 무겁지 않았다. 담당 안내자들은 입구 쪽 벽에 나란히 서서 담당 여성들이 끝나기를 기다리고 있었다. 임진아도 가볍게 미소를 지으며 두 사람을 주시하고 있었다.

세진과 이진도 각 기계 앞을 다니며 검진을 받기 시작했다. 가장 무섭게 느껴진 건 손가락 끝을 살짝 찔러 세 방울의 피를 내야 했던 것이었다. 선반 위에 손바닥을 펴 올려두면 어느새 피가 뚝 뚝 아래로 떨어졌다. 세 방울이 떨어지면 자동으로 지혈이 되며 검체는 바로 분석이 시작된다. 피 세 방울은 유전정보와 각종 질병을 판단하는 가장 핵심적인 검진이다. 그리고 난자 채취 준비가 되었는지 판단하는 검사였다.

여덟 개의 기계에서 검진을 마친 세진과 이진 앞으로 임진아가 나섰다.
"수고하셨습니다. 이제 시술실로 안내하겠습니다."
임진아가 안내한 곳은 담당 의사의 진료실이었다. 연분홍색의 화사한 방에 침대 세 개 나란히 간격을 두고 있고 침대마다 피플에이드가 서 있었다.
"안녕하세요. 국존의사 352입니다. 앞으로의 과정을 설명드리겠습니다."
세진과 이진은 각각 침대에 걸터앉아 피플에이드 의사와 마주했다. 피플에이드 의사는 홍채로 신원을 확인하고 두 사람을 눕게 한 뒤 가운을 열고 정확하게 난소가 있는 곳을 밝게 비추었다.
"천세진님 난소에서 배란된 난자를 세 개 이상 채취할 예정입니다. 난자는 바로 동결과정에 들어가며 차후 천세진님의 선택을 기다리게 됩니다. 난자 채취 후 미리 선택하신 완경 시술(생리를 멈추게 하는 시술)

을 할 예정입니다. 난소에 칩을 주입하여 더는 난자를 배출하지 않도록 하는 시술입니다. 시술이 끝나면 생리를 하지 않게 되며 반영구적으로 유지됩니다. 자연임신을 원하시면 언제든 칩을 제거하실 수 있으니 좋은 선택을 해주시길 바랍니다. 민한국은 자연임신과 출산을 적극 권장하는 바입니다. 시술하는 동안 아픔은 거의 없으나 불쾌한 느낌이 들 수도 있습니다. 피부를 통과하는 기구로 인해 상처가 생기나 하루이틀이면 흉터조차 남지 않게 됩니다. 시술하는 삼 분 동안 움직임을 제한하니 잠시 안전장치를 가동하겠습니다. 질문 있으신가요?"

피플에이드 의사는 부드러운 목소리로 단호하게 안내 사항을 전달했다.

세진은 고개를 저었다. 세진의 의사를 확인한 피플에이드는 침대에서 안전장치들을 가동시켰다. 세진의 몸 위로 갑옷 같은 기계 조각들이 얼굴과 복부를 제외하고 덮였다.

아프지는 않았다. 세진이 침대 위 천장에서 날아다니는 4D의 화려한 새를 눈으로 좇고 있는 동안 무엇인가가 아랫배 쪽을 살짝살짝 건드리는 느낌 정도였다. 피플에이드 의사는 부드럽지만 군더더기 없는 동작으로 세진의 난자를 채취하고 칩을 주입했다.

"시술 끝났습니다. 난자는 4개를 얻었으며 동결되었습니다. 칩도 제 위치에 안착했으며 작동이 원활합니다. 천세진님의 생명징후도 양호하며 바로 회복 단계로 들어가겠습니다. 앞으로 3시간은 음주와 격한 움직임, 욕조 목욕은 자제해 주시기를 바랍니다."

피플에이드 의사가 세진의 몸에 겔 밴드를 붙여주며 말했다.

세진은 일어나며 자신의 배를 살펴보았다. 반투명한 겔 안쪽으로 세 개의 작은 구멍 상처가 보였다. 그 상처에 손을 뻗어 쓰다듬었다. 통증은 미약하게 남아있었다.

"언니, 나 다했어. 괜찮은데? 언니는 괜찮아? 안 아파?"

세진의 말에 이진은 미소로 답했.

임진아가 휠체어 두 대를 이끌고 들어왔다.

"고생하셨습니다. 두 분이 국존의 의무를 다해 주셔서 우리나라의 미래가 더 밝아질 것입니다. 감사드립니다."

임진아는 고개를 숙여 이진과 세진에게 감사 인사

를 했다. 그런 모습이 좀 멋쩍어서 세진은 휠체어에 재빨리 앉았다.

휠체어는 자동으로 움직이며 두 사람을 방으로 안내했다.

1005호로 돌아온 두 사람은 침대에 누워 방금 일어난 일을 곱씹었다.

난소에서 난자를 채취하여 국가 보존에 기여하였고 임신을 할 수 없는 몸이 되었다. 17년 동안 매달 해온 생리를 더 이상하지 않아도 되며 생리통을 더는 겪지 않아도 된다.

"앞으로 십 년. 그동안 잘 생각해 봐야겠지? 언니는 어떻게 할 거야?"

"난 아이는 키워보고 싶어, 그런데 지금은 자신이 없어."

"지후씨는 뭐라 그래? 결혼하자는 얘기 아직 없어?"

"............"

"그래, 아직 우리 나이가 결혼할 나이는 아니지."

속마음을 감추는 이진의 말투에 세진은 씩씩하게 위로를 건넸다.

"아직 십 년 남았으니 잘 고민해 보자. 나는 조카 생기면 엄청 사랑해 줄 거야. 내 목숨보다 더 사랑할 것 같아. 그러니 언니, 날 위해 조카를 만들어 준다면 나는 평생 언니랑 조카에게 충성할 거야. 뭐든 다 해주는 이모가 되겠어! 하하하"

이진은 희미하게 웃었다.

쌍둥이 자매인데도 둘은 성격이 정반대였다. 진중하고 내향적인 이진과 빠른 결정과 행동력을 가진 세진. 외모는 부모님도 헷갈릴 정도로 닮았으나 각각 다른 성격에서 오는 분위기가 달라서 몸짓과 표정으로 구별하고 있었다. 그래도 쌍둥이인지라, 서로를 배려하며 서로에게 의지하는 건 다른 형제자매를 둔 사람들보다 남달랐다.

스무 살에 부모님으로부터 독립하고도 둘은 같이 살았다. 독립 초기에는 각각 집을 구했으나 석 달을 못 버티고 결국 둘은 함께 살기로 했다. 둘이서 생활한 지 십 년. 그리고 오늘이 온 것이다. 아이를 낳을 것인지, 부모가 될 것인지를 선택해야 하는 서른 살이 되었다.

하룻밤을 국존 센터에서 보내고 아침 9시에 다시 간

단한 건강검진을 거친 후 퇴소 허락이 내려졌다. 퇴소 문자를 읽고 있는 중에 임진아가 찾아봐 두 사람을 도우며 1층 노란색 면담실로 안내했다.

면담실 책상 위에 문서 파일이 크게 펼쳐져 있었고 세 사람은 피플에이드가 따라준 차를 한 모금씩 마셨다.

"두 분의 노고에 다시 한번 감사드립니다. 두 분이 국존 의무를 다해 주셔서 민한국의 미래는 더 밝아질 것입니다. 센터에 방문해 주신 것으로 국존법 2단계를 마치셨습니다. 이미 다음 단계에 대한 설명을 들으셨지만 다시 한번 설명드리겠습니다. 문의 사항이 있으시면 성심껏 대답해 드리겠습니다."
임진아는 책상 위에 펼쳐진 문서 파일을 보며 말을 이었다.

국가보존의 의무는 세 단계의 선택 과정을 거친다.
1단계는 2020년 출생자들부터 출산을 하지 않은 국민은 의무적으로 정자와 난자를 국가에 제출해야만 한다. 서른 번째 생일 3개월 전에 건강 상태를 확인하는 담당자가 정해지며 최상의 건강 상태를 유지할 수 있는 날짜에 국존센터를 방문하게 되어 있다. 센터 방문 후 남성에겐 3일, 여성에겐 7일의 유급휴가가 주어진다.

여성의 경우 석 달간 국가 차원에서의 생리주기 파악과 건강관리가 이루어지며 멘탈 케어가 이루어진다. 난자를 제출하면서 선택해야 할 사항들이 인간존엄성에 대한 문제이기 때문이다. 2020년 국존법 제정 이후 가정과 사회와 국가에서 교육 차원에서 줄곧 교육해 왔고 존재 이유에 대한 물음을 각 개인이 품고 살도록 논의가 되어 있었다.

그래서 비교적 여성들의 선택은 즉흥적이지 않고 가족과 연인과 사회와 깊은 논의가 된 상태에서 선택할 수 있도록 배려받도록 하는 것이 2020 국존법의 목표이기도 했다.

1단계에서 여성은 다시 세 가지 선택을 해야 한다.

첫째는 난자 제출 후 수정이다. 여성은 난자를 제출함과 동시에 수정시킬 권한을 갖게 된다. 수정되지 않는 난자는 채취 후 최대 십 년 동안 동결되어 수정을 기다리게 된다.

둘째는 수정시킬 정자를 선택해야 한다. 여성과 합의가 된 연인의 정자로 수정을 시키거나 제출된 정자 중에서 여성이 선택하여야 한다. 과학 기술의 발달로 인간의 DNA가 거의 밝혀지고 우수한 유전자들만 모아서 사람을 공장에서 찍어낼 수 있는 시점이지만 최소한의 인간존엄성을 갖자는 취지에서 유전정보는 불확실성을 인정하기로 했다. 여성에겐 정자 제공자에 대한 최소한의 정보만 제공되었다. 국적, 혈액형, 키, 눈동자 색, 학업성취도, 유전병 발현 여부 정도였다.

그래서 여성이 좋은 유전자를 가진 것처럼 보인 남성의 정자를 선택한다 해도 우수한 유전인자를 가진 아이가 태어날 확률은 무작위가 되도록 한 것이다. 남녀 성별도 무작위였으며 장애아가 태어날 확률도 자연 임신과 거의 비슷하게 유지되었다.

이 단계를 선택하는 여성들은 정자 제공자를 지명하는 경우가 많았다. 서른 살이 되는 동안 봐 왔던 남성 중에 정자 제공을 부탁하는 경우가 많았다. 생판 모르는 사람보다는 적어도 장점 몇 가지를 아는 사람이 더 친근하고 거부감이 덜했기 때문이었다.

그러나 이렇게 지명된 남성들은 거부하는 경우가

더 많다. 부모가 되면 납부해야 할 세금이 늘었기 때문이다. 직접 키우지 않더라도 양육세를 국가에 내야 하기 때문이었다. 그래서 수정을 원하는 여성들은 소유권이 말소된 국가관리 정자들에서 선택하는 경우가 많았다.

세 번째 선택은 임신 유지 여부이다. 인공수정을 선택한 여성은 임신을 유지할 것인지 인공 자궁을 사용할 것인지 선택하게 된다.

인공수정을 통한 임신 단계를 선택한 여성은 국가 보호 대상자로 선정되어 이런저런 특혜가 주어진다. 임신 초기에는 의무적 유급휴가, 말기에는 출산 휴가가 주어졌다. 임신기간을 관리하는 담당자가 건강관리와 멘탈관리를 주기적으로 국가에 보고하게 되어 있었다. 또한 임신 유지를 위한 관리 담당자는 임산부의 생활 전반을 관리하여 태아의 건강을 꾀하였다.

인공수정은 했으나 인공 자궁을 선택한 여성은 이 단계에서 태아의 성장에 관한 모든 권리를 국가에 양도해야 한다. 국가는 난자 제공자에게서 태명과 태아에 대한 권리를 위임받아 전문가들과 피플에이드로 구성된 인공자궁 전문 병원에서 다섯 달 동안 키워내고 출산 과정을 유도한다.

"천이진 씨와 천세진 씨는 1단계에서 난자 채취와 완경 시술만 동의하셨습니다. 채취된 난자는 앞으로 십 년 동안 국가에서 관리할 것입니다. 중간에 두 분이 자연 임신을 원하시거나 인공수정과 양육을 원하신다면 언제든 우리 센터에 알려주시면 됩니다. 국가에서는 자연 임신과 양육을 적극 권장하는 바입니다.

2040년 5월 30일이 되면 채취된 난자는 소유권 말소가 됩니다. 이는 국가 소속이 되어 수정되며 아이가 태어날 것입니다만 두 분에겐 어떠한 권리도 없음을 이해해 주시기를 바랍니다. 부디 그전에 축복된 선택을 할 기회가 두 분에게 오셨으면 합니다."

"그럼 2040년까지는 잘 생각해 보겠습니다. 그동안 감사했습니다."

이진과 세진은 가볍게 임진아에게 고개를 숙였다. 지난 석 달 동안 안부를 묻고 건강 상태를 상담해 온 시간도 이젠 끝이 났다.

집으로 돌아온 두 사람은 남은 휴가를 빈둥거리며

보냈다. 아랫배의 상처는 흔적도 보이지 않게 되었고 두 사람은 다시 출근하고 집안일을 하며 보내는 일상으로 돌아왔다.

 이진은 지후와 데이트를 하며 냉동된 난자를 생각했다. 지후와의 사이에서 아이가 태어난다면 어떨까. 아니면 지후를 닮은 아이를 내가 키우는 것은 어떨까.
 현지후는 이진보다 한 살 어리다. 내년에 정자를 납부해야 한다. 그때까지는 시간이 있으니 설득해 볼 생각이었다. 현지후는 아이 이야기를 할 때마다 난감한 표정을 지었다. 얼버무리며 상황을 넘기려 했다. 그런 지후의 태도에 이진은 상처받았지만 아직 준비가 안 된 걸 재촉해서는 안 된다고 마음을 다잡았다. 아직 시간이 있으니 내가 더 지후에게 확신을 주자는 결심을 했다.
 반면에 지후와의 결혼생활은 이진쪽에서 자신이 없었다. 세진과 떨어져 살 자신도 없는 데다가 모든 일상을 지후와 공유해야 한다고 생각하니 숨이 막혔다. 지후가 좋은 사람이긴 하지만 그 자상함이 좋긴 하지만 그와의 결혼 생각은 들지 않았다. 다만 지후를 닮은 아이가 갖고 싶었다. 내 아이의 아빠로서는 괜찮은 사람이었다.

 아이와 세진과 셋이 함께 살아가는 생활도 상상해 보았다. 세진은 좋은 이모가 되어 줄 것이다. 생각만 해도 즐거웠다. 이진은 지후의 아이를 더 간절히 바라게 되었다.

제3조 1항

국존 의무자가 납부한 생식 세포는 향후 10년간 국가가 관리하며 언제든 납부자의 요청 시 인공수정과 인공 출산을 통한 입양을 허용한다.

2050년 5월 31일

 민한국은 4천 만 명의 인구를 목표로 하고 있었다. 2050년의 민한국의 인구는 2천 만 명. 가임기 여성은 30 만 명.
 지난 30년 동안 수많은 논의를 통해 도출한 결론은 '인구정책은 국가존속과 관련되므로 국가 차원의 관리가 필요하다.'였다. 가임기 여성 한 명 한 명이 너무나 소중하였고 그들의 선택에 국가 미래가 달려있었다. 국가는 이들을 지지하고 지원하며 보호하는 역할을 국민으로부터 부여받았다.

 천이진과 천세진이 센터로 돌아가고 난 이튿날 임진아는 이소윤을 배웅했다.

 이소윤은 앞의 두 사람과 다른 선택, 엄마가 되기로 한 선택을 한 사람이었다. 그래서 더 마음이 갔고 더 세심하게 신경을 썼다.
 노란색의 면담실에서 지름 십 센티 정도의 작은 위

성을 작동시켰다.

"소윤 씨는 앞으로 9개월 동안 국존 1급 관리 대상자로서 이 개인 위성을 소지해 주시기 바랍니다. 일상생활을 하시면서 위성의 존재만 확인해 주시면 됩니다. 소윤 씨에게 어떠한 방해도 되지 않게 주변 5미터 이내에 떠서 머물 것이며 이 위성을 통해 저희가 소윤 씨의 건강 상태를 확인할 것입니다. 동의하시면 여기 동의서에 사인 부탁드립니다. 사인과 동시에 출산 시까지 대여되며 출산 센터 방문 시에 반환됩니다. 그동안 저희에게 연락할 일이 있거나 태아에 궁금한 사항이 있을 때 '수니'라고 불러주시고 위성에게 말씀하시면 처리해 줄 것입니다."

"수니야."

라고 소윤이 불러봤다. 구체에서 작게 불빛이 깜빡였다.

"앞으로 잘 부탁해"

구체 위로 웃는 얼굴 이모티콘이 나타났다.

"우리 센터에서 머무시는 한 달 동안, 저희 안내를

잘 따라주셔서 감사드립니다. 소윤 씨의 선택에 우리 센터 모두가 감사드리며 우리나라의 미래에 힘을 보태주셔서 국민으로서도 감사의 인사를 드리는 바입니다. 내일 센터직원이 집으로 방문하여 환경 점검과 안내 사항을 전달할 것입니다. 모쪼록 건강하게 출산하시기를 바라며 소윤 씨의 선택에 다시 한번 감사드립니다."

"너무 과한 인사시네요. 제 욕심을 차린 것뿐인데…. 그동안 감사했어요. 안녕히 계세요."

한 달 전 센터를 방문할 때보다 미묘하게 분위기가 바뀐 소윤을 보며 임진아는 미소 지었다. 작은 키에 다부진 인상의 소윤이 부드러운 눈매로 자신의 배를 바라보았다. 은근하게 아랫배의 묵직함을 느끼며 왼손으로 아랫배를 감싸안은 소윤은
"튼튼아. 제발 튼튼하게 자라줘야 해. 엄마도 최선을 다할게."
센터에서 제공하는 집으로 돌아가는 차 안에서 소윤은 각오를 다졌다.

이제는 돌이킬 수 없었다.

센터를 방문하기 전 이소윤은 부모님의 극심한 반대에 스트레스가 가득이었다.

"소윤아, 다시 생각해 봐. 이 좋은 시절에, 왜 고생길을 가니? 아이 출산은 예로부터 목숨 걸고 했던 거야. 너 경력은 어쩔 건데? 지금 자리 잡기 시작했는데, 육아휴직 5년이면 남들보다 한참 뒤처지는데 굳이 그래야겠어? 난자만 제출하거나 인공 자궁도 있는데 왜 어려운 길을 가니? 다시 생각해 봐. 응?"

엄마는 울다시피 하며 딸의 선택을 반대했다. 소윤모는 결혼하고도 임신이 되지 않아 인공수정으로 소윤을 가지게 되었다. 임신기간 내내 임신중독증에 시달렸고 출산 시 과다 출혈로 응급상황을 겪었다. 난산이었다. 아이는 태어났으나 엄마는 불임의 몸이 되었다. 그래서 더 애지중지 키운 딸이었다.
작은 생채기 하나에 마음이 쓰려왔고, 소윤의 희로애락은 엄마의 삶의 의미가 되었으며 무엇 하나 부족

함 없이 키우려 노력했다.

그런 아이가 엄마의 가장 고통스러웠던 상황을 그대로 재현하려 하고 있었다. 소윤 모는 딸의 선택을 되돌리려 설득하고 회유하고 협박까지 해봤으나 딸의 결심은 굳건했다.

"엄마, 나 엄마 아빠 사랑으로 큰 거 알아. 나, 엄마 아빠가 이렇게 이쁘고 착하게 키워준 거야. 그래서 나 해보고 싶어, 내가 받았던 사랑, 엄마 아빠만큼은 못 해내겠지만 나 해보고 싶어. 돌려주고 싶어. 엄마 아빠 나 응원해 줘. 응?"

소윤은 최후통첩으로 이렇게 말하며 센터에 입소했었다.

"할머니 할아버지 보러 가자. 튼튼아."
소윤이 아랫배를 쓰다듬으며 작게 중얼거렸다.

집에 도착하자 센터에서 했던 걱정은 괜한 것이었다는 것을 알았다. 소윤의 부모는 소윤의 선택을 지지하는 것으로 마음을 바꿨다. 그동안 소윤의 마음이 편치 않았던 것을 헤아려 소윤의 등을 어루만지며 긴 대화 시간을 가졌다. 소윤의 행동 하나하나를 살피며 신경을 썼으며 소윤이 작은 찡그림에도 부산을 떨었다.

　소윤과 부모님이 같이 사는 이층 주택 위 옥상 난간에 위성은 자리를 잡았다. 소윤의 방이 이층이라서 옥상에서 소윤의 움직임에 따라 같이 움직였다. 외출 시에는 어느새 소윤에게서 일 미터 정도 거리를 유지하며 머리 위쪽에서 따라다녔다.

　이튿날 센터 담당자가 방문하였다.

"이소윤 씨의 선택에 다시 한번 감사드립니다. 우리 센터에서는 소윤 씨의 무탈한 출산을 위해 전폭적인 지지를 하며 필요한 모든 것에 부족함이 없도록 준비해 드릴 것입니다. 소윤 씨는 앞으로 출산일까지 국존 1급 관리 대상자로서 이 개인 위성을 소지해 주시기를 바랍니다. 소윤 씨 주변 5미터 이내에 위성은 머물 것이며 이 위성을 통해 저희가 소윤 씨의 건강 상태를 확인할 것입니다. 50시간 분량의 모의 출산과 모의 양육 과정의 정보가 제공되니 이수해 주시기를 바랍니다. 개인 위성의 이름이 '수니'군요. 문의 사항은 수니를 부르신 후 말씀하시면 됩니다. 환경 점검을 위해 집을 살펴봐도 되겠습니까?"

임신한 국존 대상에게는 특별한 개개인의 맞춤 간호를 원칙으로 했다. 필요한 기구나 약은 무상으로 지급되었으며 의. 식. 주 전반을 지원해 주었다. 소윤 씨도 중산층 정도의 재력이 있었으나 바이탈 확인과 숙면 유도 장치, 수면 패턴 파악을 동시에 할 수 있는 의료용 침대로 교환되었고, 체중 확인과 혈당, 소변검사를 위해 변기가 교체되었다. 수집된 정보는 수니를 통해 센터에 전달되었고 수니는 모든 정보를 모아 소윤의 건강 상태를 확인하고 조언하게 되어 있었다.

"출산일인 1월 17일까지 건강하시길 바랍니다. 다시 한번 국가 존속에 이바지하시는 선택을 해 주셔서 이소윤 님께 진심으로 감사드리는 바입니다."

담당자는 고개를 숙여 소윤에게 인사를 하고 떠났다.

소윤은 부모님과 마주했다.

"몸은 어때? 괜찮니? 불편하지는 않아? 조금이라도 이상하면 말해줘야 한다."

소윤 모의 걱정 어린 말에 소윤은 순간 울컥한 마음이 들었고 눈물이 핑 돌았다.

"걱정시켜 미안해. 근데 엄마 나 괜찮아. 튼튼이도 괜찮아. 그러니까 엄마 아빠도 할머니 할아버지 될 준비 하면서 기다리자. 응? 나 정말 괜찮아."

소윤 모는 작게 한숨을 내쉬었다. 이젠 돌이킬 수 없다. 소윤이는 이미 임신 5주 차이다. 이미 태아는 심장박동을 시작했고 팔다리가 생겨나기 시작했으리라. 사람의 형태를 갖춰가고 있는 태아를 두고 더는 소윤의 심기를 거스르며 모진 말을 할 수는 없었다.

"그럼, 앞으로는 어떻게 되는 거니? 우린 어떻게 하면 되니?"

"센터에서 그러던데, 그냥 똑같이 생활하래. 이상한 조짐은 저 수니가 다 파악할 거구, 우리한테 바로 알려준대. 지원금은 15주 차까지는 주 단위로 지급되고, 그 뒤는 달 단위로 지급된대. 임산부 특혜도 저 수니가 따라다니면서 알려준다네? 매달 1일 센터 직원이 방문해서 수니를 점검하고 환경 점검을 한대. 12주까지는 안정 기간이라고 유급휴가 기간이고, 그 뒤에 출근하면 된대. 걍 지금처럼 지내면 된대."

"입덧은 어때?"

"전혀 없어. 조금 피곤한 정도."

"애 아빠 되는 사람은 어떤 사람이니? 어떻게 선택한 거니?"

"한국인이고 오 씨이고, 서른 살. 1월생. O형. 176센티. 65kg. 성격유형은 다하카 형. 내가 타가바 형이라 잘 맞는 유형으로 선택했어. 동물복지 관련 일을 한대. 아는 건 이 정도야."

처음에는 키였다. 소윤은 키가 155센티라서 키 큰 남성의 유전자는 자연분만을 생각했을 때 태아 크기가 클 것 같아 원치 않았다. 검색 프로그램에서 한국 남성을 선택하고 제일 먼저 185센티 이상의 키가 큰 남자들을 삭제했다. 그다음이 성격이었다. 제공된 성격유형 검사에서 세 가지 유형을 남기고 삭제했다. 그리고 직업, 혈액형 등을 선택하니 최종 후보자는 다섯 명이었다.

"더 아는 건 없고? 제공되는 정보가 너무 적다."

"무슨 상관이야? 튼튼이는 내 아인데. 성도 '이' 씨 내 꺼 쓸 거야. 지금은 이튼튼."

소윤 모는 다시 한숨을 작게 내쉬었다.

소윤모는 아이를 낳아 키운다는 기쁨과 자부심을 딸이 누릴 수 있다는 사실에 기쁘면서도 걱정이었다. 아이를 키운다는 것이 부모에게 어쨌든 '희생'이란 단어가 따라붙었기 때문이다. 아이로 인해 포기해야 하는 것들. 아이가 살아갈 세상에 대한 걱정과 불안감도 같이 부과된다는 것을 딸인 소윤이가 제대로 이해하고 있는지 걱정이었다. 부모는 보호자 역할을 하면서 이런저런 시행착오를 거치게 되기 마련인데 엄마인 소윤이가 잘 해낼 수 있도록 자신이 소윤의 엄마로서 지지해 줘야 한다는 것을 소윤모는 되새기고 있었다. 결국 자식이 부모가 되어도, 부모는 부모가 된 자식이 걱정인 것이다.

  옛말에 '아이 하나를 키우려면 온 마을이 필요하다'라고 했다. 아이가 살아갈 세상이 건전해야 하며 인정이 있어야 한 아이가 온전히 올바른 사회구성원으로 성장한다는 의미일 것이다. 병든 사회에서는 부모가 아이를 아무리 보호해도 결국 아이는 병든 그 사회 속에서 제대로 삶을 살아가기가 어렵기 때문이다. 따라서 부모는 사회구성원으로서 그 사회가 올바른 체제속에 존엄성이 지켜지는 사회를 유지해야 할 의무가 있다. 그 사회 속에서 자신의 아이가 올바른 삶을 살아가야 하기 때문이다.

아이를 키우기 위해 부모와 그 부모의 부모, 마을 하나까지 제 역할이 있다는 것을 보면 '아이'를 갖는다는 것은 한 개인의 선택이라 치부할 수 있는 것이 아니다. 그야말로 온 세계가 나서야 하는 문제인 것이다.

소윤모는 '할머니'라 부르는 아이가 정원을 뛰어다니는 모습을 잠깐 상상해 봤다. 생각만 해도 미소가 지어졌다. 새로운 가족을 맞이할 준비로 해야 할 일이 많아졌다.

2050년 6월 1일

국존센터에서 연락이 왔다. 나를 선택한 여자가 임신 5주 차에 들어섰다는 연락이었다. 순간 너무 놀라 들고 있던 머그잔을 놓칠 뻔했다. 내 유전자로 아이가 만들어졌다는 생각에 멍해졌다. 키가 큰 편도 아니고 직업도 평범한데 날 선택해 준 이가 있다는 사실에 웃음이 났다. 게다가 인공 자궁이 아닌 엄마의 몸에 직접 태아가 열 달간 자랄 것이란 소식에 더 없이 놀랐다. 정말 아빠가 되는구나. 어딘가에 내 아이를 밴 여자가 있구나, 내가 이어지는구나. 어디서 내 아이가 자라겠구나 싶어 더 이상의 안내 멘트가 들리지 않았다. 헤실헤실 웃음이 났다.

지난 1월 오규원은 서른 살이 되었다. 미혼이었고, 의논할 여자친구도 없어 가벼운 마음으로 국존센터에 정자를 납부하러 갔다.

자위를 통해 배출한 정자들은 그대로 냉동되었다.

2020년 이후 출생한 남자들에게도 똑같이 국존의 의무가 주어졌다. 남자들의 세 가지 사항을 선택할 수 있었다.

 첫째는 납부한 정자들의 수정 권한이다. 2040년까지 임신을 원하는 여성들에게 5번까지 정자 제공을 할 수 있고 남성이 횟수를 선택할 수 있다. 또한 선택할 여성들에게 제약을 걸어 둘 수 있었다. 인종, 키, 몸무게, 성격, 혈액형, 특정 유전병에 대해 거부할 권리가 있었다. 걸어 둔 제약이 많을수록 수정의 기회는 적어진다는 것을 아는 남성들은 대부분 제약을 거의 걸지 않았다. 많이 선택될수록 좋은 유전자를 가진 것이란 자부심이 생길 것이기 때문이다.

 수정을 거부한 정자는 냉동 상태로 보관되다가 2040년 국가 귀속이 된다. 국가에서는 국가 귀속이 된 생식세포를 선별하여 인공자궁을 통해 아이를 출산하고 국민으로 양성할 계획이었다. 이렇게 기증된 생식세포로 태어날 아이들을 위한 양육시설이 국존센터 고층에 만들어지는 중이었다.

 둘째는 정자 제출 후 수정이 이루어지고 임신과 출산으로 이어진다면 정자 제공자는 20년간 양육세를 국가에 내야 한다. 양육세는 소득에 비례해 최소한으로 책정되었으며 그 외 자율적으로 직접 국존센터를 통해 아이 엄마에게 줄 수 있었다. 아이 엄마나 아이에 대해서는 어떠한 정보도 남성에겐 제공되지 않았다. 국존센터에 예금을 개설하면 센터에서 아이 생일이나 기념일에 생물학적 아빠가 선택한 선물과 메시지가 전달되었다.

셋째는 아이의 입양을 선택할 수 있었다. 수정되어 태어난 아빠 얼굴을 모르는 아이가 주 보호자를 잃게 되었을 때 생물학적 아버지는 우선으로 아이를 입양할 수 있으며, 후견인이 될 수 있도록 법이 보장했다.

또한 2040년 이후 한 번이라도 수정된 정자를 제공했던 사람은 결혼하지 않아도 미혼부로서 입양 자격이 주어졌다. 국존센터에서 운영하는 시설에서 까다로운 절차를 거쳐 인간성을 검증받은 후 아이를 입양할 자격이 주어졌다.

오규원은 정자 납부를 하며 두 번의 수정을 원한다고 밝혔다. 양육세를 납부하겠다는 서명도 해두었다. 그런데 생각보다 빨리 선택받은 사실과 태아가 잘 크고 있다는 말에 남자로서 자부심이 느껴졌다. 어떤 여자일까 궁금했다. 어떤 아이로 자랄지 상상해 봤다.

예쁜 딸아이였으면 좋겠다 싶어 또 헤실헤실 웃음이 났다.

오전 업무를 끝내고 국존센터에 연결하여 예금을 개설했다. 그리고 꽃을 주문했다. 아이 엄마에게 고맙다는 말과 순산을 바란다는 정중한 말을 남겼다.

태아의 심장박동 홀로그램을 보며 경이로움에 가볍게 몸이 떨렸다. 정말 아빠가 되는구나 싶은 마음이 벅차올랐다. 백일까지는 아이의 모습을 제공받을 수 있었고 이후는 어떠한 정보도 제공되지 않는다는 사실에 우울해졌다. 어쩌면 기회가 있을지도 모른다는 생각으로 애써 위안을 삼았다.

오규원은 벌써 시간이 더디게 가는 것 같았다. 빨리 새해가 오길 기다려졌다. 아이가 보고 싶었다. 다시 태아의 심장박동 홀로그램을 재생시켰다. 내년 1월에 아이가 태어난다는 소식을 부모님께 친구들에게 태아의 심장 홀로그램과 같이 전달했다.

제 4조 1항

민한국 국민은 누구나 인공자궁을 이용하여 출산할 수 있으며, 의뢰한 부모가 인공출산한 아이의 양육권을 갖는다. 부득이한 사정으로 부모가 양육권을 포기한 경우는 국가가 아이의 친권과 양육권을 양도받아 양육한다.

2050년 7월 1일

국존 센터 2010호.

인큐베이터를 닮은 구체 삼 십여 개가 일정 간격을 두고 눕혀져 있거나 세워져 있었다. 방 조명은 어둡게 설정되어 있었으나 이들을 살피는 피플에이드들에겐 별문제가 아니었다. 구체들은 각각 태아를 담고 있었다. 각각의 침대에서는 아빠와 엄마 되는 사람들의 목소리로 동화책을 읽거나 노래를 불러주는 소리가 들렸다. 그뿐 아니라 구체 안쪽에서는 엄마의 심장박동 소리와 각종 체내 소리를 재현하여 태아에게 그대로 자극이 되도록 설정되어 있었다.

인공자궁은 첨단 과학 기술의 집합체였다. 기본 의료체계를 갖춘 인큐베이터 기술과 태아 정서발달을 위한 태교 프로그램을 기본으로 하여, 자궁이라는 인체 장기를 그대로 재현하였다. 자연임신 시에 태아가 받는 모든 자극을 그대로 재연할 수 있으며, 5개월 안에 태아의 발달이 모두 끝날 수 있는 시스템이다.

그중 한 개에서 파란 불이 반짝이기 시작했다. 피플에이드들이 부산해지기 시작했다.

유채화는 출산일이 임박했다는 센터 알림을 어제 받았다. 유채화의 작업을 재촉하는 상사에게 출산일이라는 공지가 갔는지 유채화를 볼 때마다 얼굴을 찌푸리며 작게 뭐라 중얼거렸다. 눈치가 보였다. 채화는 입이 떨어지지 않았지만 애써 마음을 추스르고 오늘부터 출산휴가를 쓰겠노라 말했다. 상사는 고까운 표정을 감추며 유채화의 뒤통수를 보며 작게 중얼거렸다.

"배 아파 낳는 것도 아닌데, 무슨 출산 휴가야? 키울 것도 아니면서 애는 봐서 뭐 하려고 출산휴가래? 아주 하는 것 없이 세금 도둑질이구나."

채화는 못 들은 척 서둘러 자리를 빠져나왔다. 대기 중인 차를 타고 센터로 향했다.

지난 1월 말에 채화는 남자친구와 함께 센터를 방문하여 수정하고 인공자궁 속에 태아가 자리를 잡은 것을 같이 확인하고 돌아왔었다.

5살 연상의 그 남자는 지난 2년간 채화에게 다정했었다. 그 다정함이 자신의 정자로 아이를 만들고 싶어

서였음을 센터를 다녀오고 나서야 채화는 깨달았다. 정자 납부 대상자가 아닌 그 남자는 수시로 채화에게 임신을 종용했었고 심리적으로 지배했으나 채화는 둘만의 사랑의 결실을 보고 싶어서라 생각했다. 그래서 합의했던 것이 인공자궁이었다. 그 남자는 그것도 괜찮다고 했다.

인공자궁에 잘 착상한 태아를 확인한 후 그 남자는 더 이상 채화에게 다정하지 않았다. 말 한마디에도 한숨을 내쉬며 채화의 모든 것을 귀찮아하는 것이 보였다. 채화는 어리둥절했다. 그러다 덜컥 겁이 났다. 세상에 자신과 아이만 남겨질 것 같아서였다. 우려는 현실이 됐다. 센터에 다녀오고 2주 만에 남자는 질린다는 말을 남기고 떠났다. 채화는 이용당했다는 배신감과 자신의 어리석음에 울화가 치밀고 화가 나서 견딜 수가 없었다.

채화는 잠이 안 오는 밤에, 센터에 접속해서 양수 속에 아이가 손가락을 빨고 발가락을 꼼지락거리는 것을 멍한 눈으로 응시했다. 태아는 사람다워지고 있었다. 채화는 잠시 바라보다 화면 접속을 끊었다. 보고 있기가 괴로웠다. 그리고 다시는 태아 모습을 확인하지 않았다. 센터에서 보내주는 알람은 '읽지 않음' 상태로 쌓였지만 지난 5개월, 태아는 잘 자라 주었다.

  시간이 흐르자 배신감에 치를 떨던 하루하루에서 채화도 조금씩 회복되었다. 객관적으로 그 남자를 판단하게 되고, 자신의 어리석음으로 이용당한 것이 아니라 작정하고 이용하려는 것은 당해낼 재주가 없다고 위안을 하였다.

  국존센터 2102호.

  피플에이드 두 명과 인간 의사는 인공 자궁의 수축성을 확인하고 태아가 바른 자세로 산도를 미끄러져 내려오는지 확인하고 있었다. 인공자궁은 완벽하게 여성의 자궁을 재현해서 아기가 받는 압력도 똑같이 재현되어 있었다. 그렇기에 기계로 재현했다고는 하여도 자연분만에서 일어날 수 있는 위급상황이 벌어질 확률도 없진 않았다.

  유채화는 조금 떨어진 곳에서 세 사람을 지켜보고 있었다. 가까이 다가가기가 겁이 났다. 묘한 비린내와 세 사람의 고요하나 절제된 행동에 주눅이 들었다.

  흰색 구체를 뚫어지게 쳐다보았지만 무슨 일이 벌어

지고 있는지는 잘 보이지 않았다. 두 손이 저절로 모아졌다. 제발 힘을 내라는 기도가 저절로 읊조려졌다.

갑자기 세 사람의 움직임이 빨라졌다. 그리고 이내 빨간색의 무언가를 작은 침대로 옮겼다. 아기 울음소리가 들렸다. 하얀 천에 꽁꽁 싸 매인 아기 앞에 채화는 마주 섰다. 저절로 아기에게 손이 갔다. 이렇게 작디작은 몸인데도 손가락 끝에 온기가 전해졌다. 빨간 얼굴에 질끈 감고 있는 눈매가 자신을 닮았단 생각이 들었다. 미움이 그득한 자신의 모습을 닮은 그 눈매 앞에 채화는 사랑스러움과 거부감을 동시에 느꼈다. 아이를 안아 들자, 작고 여린 몸의 체취에 채화는 어쩔 줄 몰랐다. 아이는 실눈을 뜨고 자신을 바라보며는 듯했다. 채화는 다시 피플에이드에게 아기를 건네주었다.

"죄송합니다. 예측할 수 있는 질병이 아니어서 충격이 크실 것으로 압니다만, 아이를 위해 현명한 선택을 해주셔야 합니다."

아직도 아이 출생을 제대로 실감하지도 못하고 있던 채화의 산후조리 방으로 의사가 찾아왔다. 아이를 안고 얼굴을 찬찬히 들여다보고 있던 채화에게 의사는 아기를 피플에이드 유모에게 넘기고 앉으라고 권하더니 전한 말은 전혀 예상하지 못했던 말이었다.

아이에게 장애가 생길 것이며 희소 질환이며 십 년 생존 가능성 20%.

첨단기술로도 잡아내지 못한 희소 유전병이라고 한다. 발현 가능성이 낮은 편인데, 이 아이에겐 90% 발현 가능성이 있다고 한다.

채화는 숨이 턱 막혔다. 아득하게 시야가 어두워지는 기분이었다. 채화는 자기도 모르게 아기를 쳐다보고 있었다.

'그래, 벌받는 거야.'

그런 남자의 아이여서, 그런 남자를 믿었던 자신에게 벌을 주는 것 같았다. 근데 그 벌은 왜 저 아기가 받는 것인지. 왜 직접적으로 자신들을 벌하지 않는 것인지 잠깐 의아했다. 그러나 곧 죄책감과 미안함에 울음이 묻어나는 자신의 모습을 보며 '벌'이 제대로 대상자를 찾았구나 싶었다. '원치 않는 자식을 낳고, 자식을 잃는 부모의 심정'이란 벌이구나 싶었다. 채화는 울음을 터뜨렸다.

 인공자궁을 통한 출산휴가는 일주일이 주어진다. 아이의 출산과 더불어 피플에이드 유모가 배정된다. 산후조리는 유모 피플에이드 한 명이 한 명의 신생아를 삼 년간 관리하게 되어 있다. 유모 피플에이드 세 명을 한 명의 산후조리원 관리사가 담당한다. 엄마의 산후조리 시기에는 신생아를 먹이고 재우고 입히는 일은 유모가 한다. 유모가 제 역할을 잘하는지를 산후조리 관리사인 사람이 확인하는 시스템이었다.
 일주일의 국존센터 입소 기간이 끝나면 집으로 피플에이드 유모와 함께 갈 수 있다. 그때부터 본격적인 육아가 시작되었다. 혼자서 아이를 키워야 하는 미혼모나 미혼부가 사회 활동을 하면서 양육을 할 수 있는 가장 큰 힘이 이 피플에이드 유모 제도 덕분이었다. 힘든 육아의 대부분을 담당하나 전적으로 담당하지는 않도록 설계되어 있고 양육자의 명령을 적절히 솎아 내도록 프로그램되어 있었다.
 즉, 아이와 유모만 놔두고 여행을 간다든지, 연달아

세 번의 목욕을 유모에게 시킨다든지 하는 책임 떠넘기기는 용납되지 않았다. 이런 명령을 강제했을 때는 유모 관리자가 개입하며 이는 양육권 박탈 조항에 해당하였다.

 아이가 태어난 삼 일째 날. 채화는 퇴원 준비를 하고 국존센터 상담실에 앉아 마지막 절차를 남겨두고 있었다.

 장애아에다가 열 살이 되기 어렵다니…. 그런 슬픔을 마주할 자신이 없었다.
 지난 사흘 동안 채화는 아기의 기저귀를 갈다가도 울었고, 우유를 먹는 아기 얼굴을 보며 또 울었다. 아기에게 너무 미안했다. 자신이 너무나 미웠다. 태아 시절 마음을 다해 아이의 건강을 빌어 주지 않았던 점, 태아를 저주했던 자신이 너무나 미웠다. 이런 결과를 바란 건 아닌데, 너무나 죄책감이 들었다.

 "상황이 이러하여 깊은 유감을 표합니다. 모쪼록 마음을 잘 다스리시고 아픔을 극복하시길 바랍니다."

"……."

"죄송합니다만 다시 한번 확인하겠습니다. 202010-315 아기의 양육권과 친권을 국가에 양도하시는 것 맞습니까?"

"네. 맞습니다."

"여기 서명하시는 순간, 아기에 대한 어떤 정보도 제공되지 않으며 아기에 대한 모든 것은 국가가 판단하고 결정하게 됩니다. 이해하셨나요?"

"네, 이해해요. 이해했어요."

울음이 달려 나왔다. 채화는 얼굴을 감싸 쥐고 흐느끼기 시작했다.

"아이 이름을 유미노라고 지었어요. 이 이름을 사용할 수 없나요?"

"양육권을 포기하시면 사용할 수 있습니다."

"아이는 국가에서 최선을 다해 키울 것입니다. 어떤 차별도 받지 않을 것이며 항상 최선의 양육 환경에서 자랄 것입니다. 유채화 씨는 안심하고 일상으로 돌아가시면 됩니다. 이번 유채화 씨의 선택이 국가 존속에 이바지하셨다는 자부심을 가져주셨으면 좋겠습니다. 유채화 씨의 선택과 노력에 국민의 한 사람으로서 감사드립니다. 부디 기회가 되시면 한 번 더 국존의 의무를 다해 주실 선택을 기대하겠습니다."

채화는 원망스런 얼굴로 의사를 쳐다봤다. 이런 선택을 또 하라는 건가? 다시는 여기 오지 않으리라 젖은 얼굴로 맹세하며 센터를 나섰다.

2053년 9월 7일

 편강안은 알람 소리에 눈을 떴다. 눈을 비비며 옆을 보니 아내는 편강안 반대편을 보고 모로 누워 고른 숨을 쉬고 있었다. 알람 소리를 못 들을 만큼 깊게 잠이 든 것 같았다. 강안은 손을 뻗어 아내의 허리를 휘감으며 아내 쪽으로 바짝 몸을 붙였다. 아내는 몸 전체에 작게 힘을 주더니 이내 허리에 와 있는 강안의 손을 맞잡으며 고개만 살짝 돌려 강안과 눈인사를 했다. 강안은 팔에 힘을 주어 아내를 자기 쪽으로 바짝 끌어당겼다. 머리를 들어 아내의 목덜미와 머리카락 사이로 파묻으며 아내의 체취를 담뿍 들이켰다. 아내는 작고 짧게 신음을 냈다. 강기슭이 목덜미와 어깨, 볼에 마구 뽀뽀를 해대자 아내는 까르륵거리며 강안을 살짝 밀어냈다. 눈이 마주쳤다. 둘 다 크게 눈웃음 지으며 '잘 잤어요?'라는 말을 주고받았다.
 이런 교감은 섹스봇과는 할 수 없었다. 피플에이드가 개발되면서 성행위를 통한 쾌락을 얻기 위해 섹스봇은 공론화되었다. 수천 개의 모델과 프로그램들이

범람했다. 더 자극적인 것들을 얻기 위해 섹스봇은 일회용처럼 버려졌다. 피플에이드가 성행위 기능을 탑재하면서 사람들은 더더욱 칩거 생활을 자처했다. 밖으로 나갈 필요가 없었고, 번거롭게 인간관계를 맺고 연애 기간을 거쳐 결혼할 필요성을 못 느꼈다. 정서적 교감 없는 자극적인 성행위 그 자체로 쾌락을 좇는 시대였다.

 자밀은 회사 직원이었다. 22살의 자밀은 예뻤다. 크고 짙은 쌍꺼풀이 진 눈은 다채로운 표정을 담고 있었고 어두운 피부색은 그 큰 눈을 깊어 보이게 했다. 커피잔을 들고만 있어도 우아함이란 것이 저런 것이구나 싶은 분위기가 풍겼다. 강안은 첫눈에 반했다.

 처음은 우연히 휴게실 옆자리에 앉아서 가벼운 인사를 주고받았고 같이 직무교육을 받으러 가기로 약속했다. 5일 뒤에 직무교육을 나란히 앉아서 받고 저녁을 같이 먹으며 강안은 고백했다. 만나보고 싶다고. 자밀은 자신이 국존센터 출신의 '필요에 의해 만들어진 사람'이며 부모님을 모른다고 했다. 그래서 겁이 난다고 했다. 강안도 고백했다. 자신은 '인공자궁의 첫 성공작'이며 평생 연구대상자로서 자신의 모든 것들이 데이터로 수집되는 인생이라고. 나를 만나게 되면 자밀도 그 데이터 수집 대상에 오르게 될 것이라고. 미안하다고. 자신은 가정을 갖고 싶다고, 아이를 갖고 싶다고, 자밀은 처음 본 순간부터 마음이 움직였으며 좋은 여자라는 확신이 든다고. 자신을 인생의 동반자 자격이 있는지 만나봐 달라고 진심으로 이야기했다. 삼 주의 시간이 흐르고 자밀이 자카르타에 가야 하는 데 같이 가 줄 수 있느냐고 물어왔다. 긍정이었다.

  이 년을 연애하고, 자밀과 조촐하게 식을 올렸다. 자밀은 다정하고 섬세하며 무엇보다 가정과 가족을 우선시하는 모습들을 보였다. 자연임신을 원했고 자연분만을 하고 싶어 했다. 딱 강안이 원하던 여자였다. 임신으로 몸에 무리가 가는 것도 마다하지 않았고 살이 트는 것도, 몸의 부기와 불편함도 신기해하면서 감내했다. 출산의 고통 앞에서는 세상 무너질 듯이 절규하고 아파하더니 아이와 눈이 마주친 순간부터는 엄마, 모성애 그 자체였다. 이런 자밀의 모습에 강인은 감사해했으며 하루하루 자밀에 대한 애정이 더 커졌다.

"자기야, 준비 다 됐어요? 이제 출발해야 해요."

"다 됐어요. 이것만 좀 들어줄래요?"

강안은 아기를 싼 포대를 품 안에 꼭 안고 있는 아내의 등을 어르며 현관을 나섰다. 오늘은 백 일 된 아이 검진을 위해 국존센터를 방문하는 날이다.

차 안에서 아내는 아기를 꼭 안고 빼꼼하게 나와 있는 두 볼을 자신의 뺨을 부비며 작게 아이에게 어떤 말들을 속삭이고 있었다. 그런 아내 모습을 보며 강안은 지금, 이 순간이 더없이 사랑스럽고 소중하였다.

국존센터 앞에서 각자 생체인증을 끝내고 문을 들어서니 담당자인 국여정이 반겼다.

"안녕하세요. 먼 길 오시느라 수고하셨습니다. 우리 편유찬 군은 무럭무럭 크는군요. 오늘은 편강안님과 편유찬 군의 종합 검진과 아버님, 어머님, 두 분이 육아 교육을 받기 위해 방문해 주신 거죠? 일단 3004호실에서 유찬 군이 검진받는 동안, 편강안님은 8202호실에서 검진이 진행됩니다. 두 분 검진을 마치시면 3005호실에서 유찬 군은 잠시 대기하고 아버님 어머님은 3012호에서 두 시간 강연을 들으신 후 유찬 군과 귀가하시면 됩니다. 이쪽은 오늘 유찬 군을 보살필 피플에이드 '하미'입니다. 유찬 군을 하미의 품에 안

겨주시면 하미가 생체인증을 시작할 것입니다."

강안은 8202호로 가기 위해 국여정과 같이 엘리베이터를 탔다. 아내 자밀은 유찬이를 안은 하미와 같이 3005호로 갔다.

"그 전과는 생활이 많이 달라지셨죠? 저는 상상도 못 하겠어요. 말도 안 통하는 아기를 보살피며 키워내는 일요. 부모가 된다는 것은 축복이라고 하는데, 그 축복을 선택하는 사람들이 적다는 것이 애석합니다. 그만큼 어렵고 힘들다는 것이겠죠. 강안씨는 용감한 분입니다. 이렇게 어려운 선택을 하시고 이뤄내시는 것들이 강안씨가 어떤 사람인지를 보여준다고 생각합니다. 아, 제가 말이 길었군요. 죄송합니다."

"좋게 봐주시니 감사합니다. 전 그저 제가 싫었던 것을 아이에게 물려주고 싶지 않았을 뿐입니다."

엘리베이터는 순식간에 82층에 도착했고 둘의 대화는 끊겼다.

"아이가 벌써 백 일이군요. 축하드립니다. 그간 고생 많으셨을 텐데, 아기도 건강하고 편강안님도 좋아 보이는군요."

"네, 감사합니다."

"그럼, 그동안 편강안님의 일과 기록과 자수록을 특징지어 몇 가지 주의 사항을 전달하겠습니다."

의사는 강안이 잘 보이도록 모니터를 크게 펼쳤다.

"여기 보다시피 우선 강안님의 체력, 운동력, 지구력 등 신체는 28살의 평균치를 보입니다. 우울 지수와 문제 해결적 사고력도 긍정적입니다. 정신과 신체 모두 실제 나이보다 젊게 잘 관리하고 계시는군요. 우려되었던 SPI 검사를 오늘 다시 한번 해봤으면 합니다. 저번처럼 몇 가지 질문에 강안님의 솔직한 생각을 구술로 답해주시면 됩니다. 준비되시면 시작할까요?"

"또 해야 합니까?."

"오늘 SPI 검사에서 원만한 결과치가 나오면 더 이상 강안님이 국존센터를 방문하지 않으셔도 됩니다. 센터에서 가지고 있는 강안님의 데이터 수집 권리도 말소될 것입니다."

"빨리 끝내고 싶군요. 알겠습니다. 시작하시죠."

강안은 자리에서 일어나 의사의 안내대로 작은 방으로 들어갔다. 방 중앙에 푹신한 소파가 준비되어 있었고 허공에 지름 50센티쯤 되는 구체 하나가 떠 있었다. 구체는 파란 불이 두 번 깜빡이더니 이내 제자리에서 천천히 돌아가기 시작했다.

"편강안님의 SPI 3번째 검사를 시작하겠습니다. 편안하게 자리하시고 질문에 답해 주시기를 바랍니다."

구체는 편강안이 태어날 상황을 기록한 영상을 보여주기 시작했다.

"편강안님이 태어났을 때의 상황이며 강보에 싸인 아기가 편강안님이십니다. 편강안님은 인공자궁을 이용한 첫 출생자이십니다. 편강안님을 안고 있는 어머님께 서른 살이 된 평강안님은 어떤 마음으로 어떤 말을 해드리고 싶은가요?"

어머니는 삼 년 전에 돌아가셨다. 원체 몸이 약하셔서 임신과 출산을 감당하지 못할 약한 체질이 결국 병을 불렀고 일찍 돌아가셨다. 화면 속 어머님 모습이 눈에 담기자 편강안은 눈을 질끈 감았다가 뜨며 대답했다.

"고생하셨다고 말하고 싶습니다. 인공자궁이 저를 키워냈다 해도 어머님은 제가 건강하게 출생하길 바라셨으니 분명 마음 졸이셨을 것입니다. 제가 건강하게 태어나도록 기도하셨을 것이고 누구보다 바라셨을 것이니 감사하다는 말씀도 드리고 싶습니다."

파란색 불빛이 깜빡거리며 편강안의 말을 수집하고 분석했다.

"진실이군요. 다음 영상 보여드리겠습니다. 평강안 님이 13살 때 학교에서 최지*과 싸운 영상입니다. 최지*이 했던 말, 기억나십니까? '기계속에서 태어난 네가 사람 새끼냐? 씨발새끼란 욕도 너한테 해당이 안 돼. 욕도 아까운 새끼.' 이 말을 들은 13살 편강안님께 서른 살의 편강안님은 어떤 말을 해주고 싶나요?"

편강안은 학교 복도에 얼빠진 채 창밖을 보고 있는 자신의 어린 시절을 마주하자 욕지기가 올라왔다.

"최지임, 저 새끼 죽여버리고 싶겠지만, 그런다고 도움이 되진 않는다. 최지임은 서른 살 나이 먹어도 저 상태일 거다. 지금은 분하고 힘 빠지겠지만 잊어라. 저딴 놈한테 에너지 쓰지 말고 공부나 더하라고 말하고 싶습니다."

"거짓입니다. 솔직하게 말해주시길 바랍니다."

제기랄, 또 걸려들었다. 이 장면에서는 무슨 말을 해야 '진실'로 나오는 것인지 모르겠다. '가서 때려줘라.'라고 말했던 1차, '어린 나이이니 실수할 수도 있다'라고 말한 2차, '잊으라.'라고 말한 3차까지 모두 거짓말이란 판정을 받았다. 편강안은 가벼운 한숨을 쉬었다.

"이자밀님의 만삭 때 영상입니다. 이자밀님의 부은 다리, 튼살, 한 번에 일어나지 못하는 모습 등을 보시면서 편강안님은 헌신적으로 보살펴 주셨습니다. 이자밀님이 인공자궁을 선택하지 않아 일어난 일들인데 편강안님은 왜 인공자궁을 선택하라 설득하지 않으셨습니까?"

나왔다. 핵심 질문. 이 국존센터에서 가장 궁금해하는 것이 아마 이 질문에 대한 답일 것이다. 조금씩 영상은 달랐지만, 세 번의 SPI 검사에서 묻고 싶었던 건 '편강안, 너는 인공자궁에서 태어났으면서 왜 너는 자연임신과 출산을 선택하느냐'는 이것이었다.

"피플에이드와 섹스에서는 내 성기가 삽입되어 들어갈 때의 쾌감을 잘 못 느낍니다. 피플에이드는 내 성기가 최상의 쾌락을 느끼도록 온갖 자극을 주고 사정을 돕지만 그뿐입니다. 사람과의 섹스는 그런 자극이 덜하지만 상대의 영혼이 보이는 순간순간을 만들어 냅니다. 내 성기가 그녀 안에서 자극을 만들어 내고 그녀가 거기에 반응하며 내게 매달리는 순간의 충족감은 피플에이드에선 못 느낍니다. 서로의 눈을 바라보고 다정하게 애무하며 내가 너로 인해 존재하는구나를 섹스를 통해, 나는 느낍니다. 이렇게 서로의 영혼을 들여다보고 존재함에 감사하게 되는 순간 임신이 일어납니다. 임신은 두 사람의 영혼이 만들어 낸 결과물입니다. 그렇게 하라고 만들어진 행위라고 생각합니다. 사람이 사람을 사랑하고 둘이서 만들어 내는 생명. 그 생명을 보살피고 키워내는 건 가치 있는 일이라고 생각합니다. 우리 어머님처럼 몸이 안 좋아 목숨과 바꿔야 하는 임신이면 과학의 도움을 받는 것이 당연하죠. 더 우선 가치는 생명이니까요. 그게 아니라면 사랑하는 사람 둘이서 생명을 만드는 행위를 즐기고 같이 품어서 키워내는 것만큼 존재 가치를 증명하는 일이 또 있을까 싶습니다. 저는 그렇게 하고 싶었습니다. 고맙게도 자밀은 제가 말할 필요 없이 저와 같은 생각이었고, 우린 해낸 겁니다."

"진실이군요. 편강안님의 부인 이자밀님의 분만 모습입니다. 인상을 쓰며 몸을 비틀고 계시는군요. 편강안님은 손을 잡아 주고 계시네요. 만약 이자밀님이 둘째는 인공자궁 출산을 원하신다면 편강안님은 어떻게 반응하실 건가요?"

"아내가 임신기간과 출산을 힘들어한다면 당연히 인공자궁을 선택할 것입니다. 무엇보다 아내의 건강이 먼저니까요. 둘째도 자연분만을 꼭 해야 한다는 생각은 아닙니다. 임신과 출산은 아내의 선택이어야 한다고 생각합니다."

"진실입니다. 이번 영상은 편유찬 군의 가상 미래 모습입니다. 편유찬 군이 35세가 되어 여자친구를 데려왔습니다. 여자친구는 국존센터에서 태어나 피플에이드 손에 큰 아이입니다. 유찬 군이 결혼을 원한다면 국존센터 출신인 것을 이유로 반대하시겠습니까?"

더 노골적인 질문이다. 편강한은 쓴웃음이 났다. 처음 나온 질문이었다.

"저는 연애결혼을 했습니다. 제 아내도 국존센터 출신입니다. 그 이유로 반대하지는 않을 것 같습니다."

"진실입니다. 수고하셨습니다. 밖으로 나가셔서 의사와 상담을 마무리한 후 귀가해 주시면 됩니다."

영상을 보여주는 동안 내내 제자리에서 돌던 구체

가 서서히 멈추었다. 편강안은 자리를 털고 일어섰다. 묘한 허기가 느껴졌다. 목이 말랐다. 자밀이 몹시 보고 싶었고 자밀의 품에 있을 꼬물거리는 작은 손을 만지고 싶었다.

2053년 12월 2일

 모리암.

 민한국에서 대통령으로 세 번을 뽑힌 모준우의 아들이며 현재 민한국의 정계를 좌지우지하는 숨은 권력자. 대한당의 수장과 민한국의 국무총리를 모리암이 만들었으며, 그들의 의사결정은 사실상 모리암의 의사인 것은 공공연한 비밀이었다.

 그런 모리암이 강수찬에게 저녁 식사를 제안했다. 수찬은 아침에 연락받고부터 긴장 상태였으며 모리암의 의중이 파악되지 않아 머리를 싸매는 중이었다. 이제 막 정계에 진출하여 당에서의 인지도를 높이느라 신경 쓸 일이 한둘이 아녔다. 그런 수찬에게 현 최고 권력자가 식사를 제안했으니, 거절도 하지 못할뿐더러 그의 의중에 맞는 처세와 언변을 생각해 둬야 해서 바짝 긴장한 상태였다.

 모리암의 사택은 문한시 외곽에 위치하였으며 생각보다 평범해 보이는 이층 주택이었다. 운전석에서 내린 강수찬은 주위를 가볍게 둘러보고 피플에이드를 따라 정원을 가로질러 걷기 시작했다.

 정원 한쪽에 잘 자란 나무들 사이로 작은 한옥 한 채가 보였다. 작은 오두막처럼 보였는데 막상 방문을 열어 보니 작은 사무실 하나 정도의 크기였다. 한쪽 벽면은 직사각형의 이층 주택과 연결되어 있었으며 방 한 칸이 한옥식 지붕과 난간을 달고 정원으로 돌출된 형태였다. 한쪽에 소파가 놓여있고 식탁이 중앙에 자리 잡고 있었으며 정갈한 한식 한 상이 차려지는 중이었다. 강수찬이 신발을 벗고 들어가려 하자 피플에이드가 신발을 신고 들어가라고 말했다. 수찬이 들어서자, 소파에 앉아 있던 모리암이 자리에서 일어나 수찬 앞에 마주 섰다.

 구두를 신고 정장을 입고 있는 강수찬이 모리암보다 5센티 정도 더 키가 컸고 체격은 비슷했다. 두 사람은 공통으로 마른 체형에 날렵한 인상에 쌍꺼풀이 없어 잘생긴 동양 남자의 전형 같은 느낌이 들었다.

 "미리 양해도 구하지 않은 점은 사과드리며, 이렇게 초대에 응해주셔서 감사합니다."

 "아닙니다. 실제로 뵙게 되어 기쁩니다. 갑작스레 성사된 만남이라 제가 준비가 미흡해서 걱정입니다. 혹여 누가 되지 않을까 염려스럽습니다."

 모리암은 상냥한 말투와 환한 미소를 지으며 강수찬에게 악수를 청했다. 강수찬은 그 손을 맞잡고 모리암과 눈을 맞추었다가 가슴이 서늘해짐을 느꼈다. 모리암은 날카로운 눈매로 강수찬을 이리저리 살펴보는 중이었다. 그 눈매가 매서워, 강수찬은 환한 미소와 날카로운 눈매가 따로 노는 괴리감에 어리둥절하면서도 모골이 송연해졌다. 이 사람의 눈빛은 사람을 꿰뚫는 힘이 있었다. 부딪혀 오는 시선을 피하면 좋은 인상을 주지 못할 것 같아 강수찬도 눈빛을 정돈하고 부드럽게 그 시선을 응대하기 시작했다.

 어색한 분위기에서 두 사람은 정갈하게 차려진 식탁에 마주 앉았다.

 "제 변덕에 의해 갑자기 차려진 식사라 강수찬 의원의 입맛을 고려 못 했습니다. 혹시 꺼리시는 식재료가 있으신가요? 지금이라도 대체하면 되니 부담 없이 말씀해 주십시오."

 "초대받은 입장에 죄송합니다만, 제가 날것은 좀 꺼려서 회를 잘 못 먹습니다."

 "아, 술을 못 드신다는 건 알고 있었습니다만, 회도

꺼리시는군요. 이거 강수찬 의원과는 일식 요리는 피해야겠군요. 하하하"

"술은 체질상 분해효소를 갖고 태어나질 못해서 태생적으로 못 마시는 체질입니다. 그래서 축사나 건배사를 해야 할 때가 제일 곤혹스럽습니다. 하하하."

"그럼, 반주는 생략하기로 하죠. 저도 알코올은 몸이 안 받아줍니다. 우리가 공통점이 하나 생겼군요. 시장하실 테니 어서 드시죠."

여러 가지 나물과 소고기찜이 입맛을 돋웠다. 강수찬은 감사 인사를 하며 맛있게 식사하기 시작했다. 모리암은 그런 강수찬을 유심히 바라보며

"국존센터 출신이라고 들었는데 실제 어떤 일들이 일어났던 것인지 듣고 싶습니다. 실례가 안 된다면 강수찬 의원의 경험과 생각을 듣고 싶군요."

모리암은 주로 유년기와 청소년기의 국존센터에서의 생활에 대해 질문을 하고 강수찬의 취향에 관해 물어보았다.

식사를 마치고 입가심 차를 한 잔씩 앞에 두고 강수찬은 자신에 관한 질문에 대답하면서 생긴 의구심을 말했다.

"저는 오늘 이 자리가 제 정치 인생의 시발점 같다는 생각입니다. 혹시 지금 이 시간이 의미하는 바가 제 생각이 맞는 것입니까? 이 시간 이후로 제 뒷배에 모리암 의원님이 계셔 주시는 겁니까? 아니면 오늘, 이 식사 자리에 제가 파악하지 못한 다른 의미가 있는 겁니까?"

모리암은 강수찬의 말이 끝나자 빙긋이 웃었다.

"국존센터에서 2023년 12월 26일 출생. 국존센터 엘리트 집단에서 생활하다 18세에 하버드 유학. 세계정치학과 심리학 전공. 유학에서 돌아오자마자 정계 진출. 젊은 나이에 비교적 순탄하게 삶을 이루어 내고 있군요. 그런데 그 삶을 가능하게 해준 우수 유전자를 물려준 부모를 찾을 생각은 안 해봤나요? 부모가 누군지 궁금하지 않던가요?"

강수찬은 '부모'라는 단어가 모리암에게서 나오자 크게 당황했다. 전혀 생각지 못했던 상황이었다. 강수찬은 모리암의 눈빛을 읽어내려 애썼으나 모리암은 찻잔을 응시하며 느긋하게 차를 마셨다.

"무슨 말씀을 하시는 건지…. 혹시 제 부모님을 알고 계시는 겁니까? 아니면 모리암 의원이 제 아버지라도 되시는 겁니까?"

"나는 알려진 대로 독신주의자입니다. 살아오면서 여성과의 연애도 전혀 없습니다. 다만 2023년에 국존센터에 정자를 기증한 일이 있었고 수정되었다는 연락을 받았습니다. 그 후 아버지인 대통령의 권력을 동원해도 내 아이를 찾을 수가 없었습니다. 국존센터는 철두철미하게 극비 정보로 암호화되어 있어 정보를 파편적으로는 접할 수 있으나 완전한 정보는 알 길이 없더군요. 파편화된 정보에서 내 아이가 엘리트 집단에 속해 있다는 것을 알게 되었습니다만 그것 외는 어떤 정보도 알 수가 없더군요. 다섯 개의 시에서 85층 국존센터 출신 아이들을 조사하며 찾았습니다. 친자 검사가 불법이라서 사람의 특징에 의존해 찾을 수밖에 없더군요. 그러던 중 강수찬 의원이 유학 생활을 끝내고 국내로 돌아왔다 들었습니다. 게다가 정계 진출을 준비한다는 소식을 듣고 주시하고 있었습니다. 강수찬 의원은 확실해 내 시선을 끄는 뭔가가 있습니다. 이렇게 직접 만나보니 법을 어겨서라고 유전자 검사를 해보고 싶다는 생각이 드는군요."

"........"

강수찬은 놀란 마음을 감추고 찬찬히 모리암 의원을 살피기 시작했다. 모리암 의원은 태연하게 차를 마시며 강수찬의 시선을 허용했다.

 확실히 닮았다. 체격과 키. 이마에서 내려오는 미간과 콧대. 살짝 날카로운 눈매까지 닮았다. 반면에 입매와 귀는 다른 모양으로 닮지 않았다. 강수찬은 가벼운 전율이 일어났다.

"음…. 제가 어떻게 해야 할지 모르겠습니다. 겉모습이 닮은 거라면 우연일 가능성이 높다고 생각합니다만. 확실한 근거가 더 필요합니다. 그래야 저도 납득이 쉬울 것 같습니다."

"강수찬 의원은 날 오늘 처음 봤겠지만, 나는 아버지, 모준우 전 대통령 미수 생신 때 스쳐 지나치며 봤습니다. 그때 내 시선을 잡았던 것이 강수찬 의원 뒤통수의 제비초리입니다. 모준우 전 대통령인 아버지도, 나도 제비초리를 갖고 있습니다. 이건 이발해도 금방 자라 여간 애먹이는 게 아니거든요. 강수찬 의원도 알 것입니다. 그리고 술을 못 마신다는 것도 그날 알게 되었습니다. 이것도 유전입니다. 아버지와 전 술을 못 합니다. 알코올 분해효소가 없습니다. 그리고 오늘 새롭게 발견된 공통점이 하나 더 있습니다. 아까 날것을 못 먹는다고 했는데, 혹시 '연어'가 아닌가요? 사회생활 하면서 약점은 감출수록 좋은 것이죠. 강수찬 의원이 '연어'라고 말하지 않고 '날것'이라고 말하는 것도 이해합니다. 나는 '연어 알레르기'가 있어서 연어를 먹지 않습니다. 이 정도 근거면 80%는 확실하지 않을까요?"

확실히 그랬다. 강수찬은 연어를 먹으면 온몸에 발진이 일어났다. 강수찬은 모리암 의원의 말이 끝나자, 온몸에 소름이 돋았다.

"……"

"친자 검사를 해봐야 할 것 같은데, 방법을 찾아볼 테니 강수찬 의원도 협조를 부탁드립니다. 친자이든 아니든, 이 정도 닮기도 어려울 것 같은데 결과 상관없이 나는 강수찬 의원에게 힘이 될 것입니다. 일단 자주 식사 자리를 가지며 서로를 알아가도록 합시다. 일정은 비서들에게 말해둘 테니 강수찬 의원은 당분간 이쪽 일정에 맞춰주길 바라요. 확실한 근거가 나오면 그때 아버지에게도 말씀드리고 뵈러 가는 것으로 합시다."

강수찬은 모리암 의원의 말을 들으면서 여러 감정이 복합적으로 들어 오히려 힘이 빠졌다. 화가 치밀어 울고 싶기도 하다가, 기쁘면서 동시에 맥이 빠졌다. 천 마디의 말이 쏟아졌지만, 입 밖으로 겨우 나온 말은 한마디였다.
 "제가 받아들이기가 좀 벅찹니다. 시간이 좀 필요할 것 같습니다."
 "이해합니다. 서로 타인으로 살아온 지 30년이니 단박에 정이 생기겠습니까? 오히려 거부감이 먼저 들 것이란 생각도 듭니다. 그런데 하나 알아주었으면 하는 것이 있습니다. 나는 삼십 년 전, 정자 기증을 할 때 대통령 아들이 모범을 보여야 한다는 정치적 계산에 따라 한 것입니다. 한 생명의 부모가 돼야 한다는 무게감과 책임감을 느끼기엔 어렸습니다. 그때 스물셋의 나는, 지금의 강수찬 의원보다 어린 나이였다는 것을 알아주기를 바랍니다. 그런데 강수찬 의원이 이렇게 잘 성장해서 건실한 청년이 된 것으로도 지금의 나에겐 삶의 또 다른 의미가 생긴 것 같습니다. 국존센터 아이들의 자살이 보고 될 때마다 심란하기 그지없었습니다. 혹시나 내 유전자를 물려받은 아이일까 싶은 생각을 떨치기 어려웠습니다. 그런 정체성 혼란을 겪으며, 부모의 사랑을 모르고 태어나고 자란 아이들이 삶의 방향성을 잃고 방황한다는 사실은 결국 우리 사회 모두의 문제가 될 것으로 보입니다. 그래서 차후 국존센터에서 태어날 아이들에게 필요한 것들에 대한 논의가 다시 되어야 할 것입니다. 이건 강수찬 의원이 더 잘 알 것이니, 강수찬 의원의 생각이 힘이 되어, 나와 같이 아이를 뺏긴 부모와, 강수찬 의원 같이 부모를 뺏긴 아이들을 도울 방법을 찾아보도록 합시다. 아, 이건 너무 앞서간 것 같군요. 여하튼 내가 하고 싶은 말은 앞으로 잘해보자는 겁니다. 아들일지도 모르는 강수찬 의원."

강수찬은 묵묵히 모리암 의원의 말을 듣고 있었다. 표정 관리를 해야 한다는 생각에 필사적으로 안면 근육에 힘을 주고 있자니 되레 이 상황에 어떤 표정을 지어야 할지 생각이 나지 않았다. 강수찬은 모리암 의원의 배웅을 받으며 같이 정원을 걸었다. 둘 다 어떤 말을 해야 할지 모르는 어색함 속에 12월의 찬 공기가 뺨을 에였다. 강수찬은 찬 공기를 맞으면서도 온몸은 형형하게 열이 났다. 눈빛도 붉어졌고 손바닥은 땀이

나서 축축했다. 모리암 의원은 문 앞에서 강수찬에게 악수를 청했다. 맞잡은 손에서 느껴지는 힘과 미소를 띠고 자신을 꿰뚫어 보는 그 눈빛을 강수찬은 필사적으로 받아들이려 애썼다.

이 순간부터 자신의 인생이 달라지는 것이다. 언제나 뿌리 없이 바다 위를 둥둥 떠내려가며 견뎌내고 있는 것 같은 자기 삶이 달라질 것이다. 또한 자신의 뒷배가 되어 줄 이 사람은 현 최고 권력을 가진 사람이기에 강수찬이 하고자 하는 모든 일들에 힘이 실릴 것이며, 강수찬이 바라는 이상적 국가로 한 발 나아가게 되는 시작점이었다.

이 거대한 변화 앞에서 강수찬은 일단 그 자리를 벗어나 조용히 생각할 시간이 필요했다. 모리암 의원과 피플에이드의 배웅을 받으며 그 집에서 벗어나자 비로소 숨이 쉬어지는 것 같았다.

강수찬은 집으로 돌아가는 차 안에서 계속 되뇌었다.
아 버 지 를 찾 았 다. 라고.

2054년 3월 20일

 오늘은 끝장을 봐야겠다고 정바울은 마음을 단단히 먹었다.
 "앉아봐. 할 이야기 있어."
 "왜 그래? 무섭게. 어…. 내가 오늘은 좀 바쁜데. 내일 얘기하면 안 될까?"
 "내일 얘기하자고 한 게 어제였잖아. 앉아. 나 심각해. 오늘도 도망가 버리면 나도 도망가겠어. 형이 잠들기 전에 내 짐과 내가 도망가 주지. 자, 나 없이 살 수 있겠어?"
 팔짱을 탁 끼고 눈에 잔뜩 힘을 주고 버텨 선 바울을 보며 도원은 단단히 마음먹어야겠다는 생각이 들었다.
 둘은 테라스에 마주 앉았다. 밤바람이 약간 쌀쌀했다. 카디건을 걸친 바울은 도원을 뚫어져라 쳐다보고 있고, 도원은 그 시선을 피해 이리저리 눈을 굴렸다.
 "국존센터에서 연락이 온 지 2주 지났어. 도도(도원의 애칭), 어떻게 할 생각인데?"

"내가 알아서 할게. 결정은 이미 했는데 나도 생각할 시간이 필요했어."

"어떤 결정? 왜 나랑은 의논 안 해?"

바울은 기가 찼다. 이런 중대사를 혼자 결정하고 어물쩍 넘어가려 했다니, 이 사람은 자신을 뭐로 보는 걸까 싶어 씁쓸해졌다.

"의논할 것이 뭐 있겠어? 거절하면 되고, 거절해야 하고."

도원은 말끝을 흐리며 바울의 시선을 피했다. 더는 할 말이 없다. 미안해서. 도원의 표정이 처음으로 진지해졌다. 도원의 눈꼬리가 일자로 펴지는 것을 본 바울은 심호흡을 한 번 했다.

"저기, 도도. 늘 말하지만 '우리'로 생각해 달라는 내 말. 당신 혼자 사는 인생 아니니까 당신 허리춤에 매달려 있는 '나'도 늘 의식하고 있으라고 했는데 또 까먹었지?"

"안 까먹었어. 국존센터에는 내일 거절 의사 밝힐 거야. 그럼, 상황 끝이야. 더 생각할 것 없어. 너도 그만 생각해. 그보다는 허리춤에 매달려 있다는 너는 제대로 매달려 있는지 확인 할 필요가 있겠어. 그래야 니가 매달려 있다는 걸 안 까먹지. 지금 확인해야겠다. 자, 가자, 침대로."

도원은 벌떡 일어나 바울에게 손을 뻗었다. 그 손을 바울은 탁 쳐내며 말했다.

"나 진지하다니까? 매사 이런 식이니. 이 사달이 났잖아. 할 말 있어? 일단 나하고 먼저 상의했어야 하는 것 아냐? 혼자 그렇게 결론 내리면 나는 형한테 어떤 의미야? 그 입으로 사랑한다고 했으니 적어도 지금 여기 이렇게 옆에 있는 나한테 최소한의 예의로 그 정도 중대사는 의논해 줘야 하는 거 아냐?"

다다다닥 쏘아붙이듯 쏟아내는 바울의 말에 도원은 큰일 났다 싶어 한 톤 높여 더 가볍게 말했다.

"뭐가 중대사야. 하나도 안 중요해. 나는 네가 더 중요해. 내가 보여줄게. 네가 얼마나 중요한 사람인지."

도원이 의자에서 또다시 벌떡 일어나며 바지를 내리려는 찰나에 정강이를 차였다. 앉은 자리에서 팔짱을 끼고 노려보는 바울을 보며 도원은 차인 정강이를 문지르며 엉거주춤 다시 자리에 앉았다.

둘 사이에 어색한 침묵이 흘렀다. 바울은 차분하게 다시 도원을 바라보며 말했다.

"애가 9살이면 형 국존센터에서 독립하자마자 만들어진 아이인 거잖아. 도대체 무슨 생각이었기에 독립하자마자 애부터 만들어? 아니 만들 생각이었으면 책임질 생각도 했어야지. 지금 와서 이 상황에서 거절하면 애는 우리가 있었던 그 센터, 그 방으로 갈 수밖에 없는 거잖아. 형이나 나나 독립할 날만 손꼽았던 그 센터, 그 방에 아이를 그때 우리처럼 가두게 된다고. 그 아이는 엄마를 잃었어. 그것만으로도 세상이 무너진 아픔을 겪고 있을 텐데, 형마저 외면하면 아이는 어떻게 살아가? 그리고 형 성격상 평생 죄책감 안고 살 텐데 나는 그걸 보면서 어떻게 견뎌야 해?.........아이, 데려오자."

도원은 바울의 말이 끝나도 한참 테라스 넘어 어둠을 응시하며 생각을 정리했다. 그리고 천천히 입을 떼었다.

"센터에서 나오고 여행 다닐 때 만났던 여자야. 멋진 여자였어. 석 달을 같이 살았어. 센터 밖 세상이 어떤지, 살아간다는 것이 어떤 의미인지를 배웠어. 나보다 15살 많았고, 아이를 원했어. 이제 막 센터에서 나온 나는 정착할 생각이 전혀 없었고 겁이 났어. 그 사람은 이해해 줬어. 더 넓은 세상을 경험해 보고 살아보라고 하더라. 대신 자신에게 선물 하나만 남겨달라고. 내가 함께하지 않을 그녀의 남은 인생에 선물을 하나 남겨달라고 하더라. 괜찮은 제안 같았어. 그래서 국존센터에 갔고, 그녀와 내 이름을 한자씩 따서 '권원진'이라 아이 이름을 지어주고 그녀와 헤어졌어. 그리고 끝이야. 한 번도 연락하거나 만난 적 없어."

"이름까지 지어준 아이구나. 그럼 더 데려와야겠네. 형. 우리 잘해 나갈 수 있을 것 같아. 나는 노력할게. 형도 노력해. 센터에서 내가 형한테 의지했듯이 우리 셋, 서로 의지하면서 그렇게 살아보자." 도원은 바울의 얼굴을 구석구석 살폈다. 진지한 눈빛으로 도원을 바라보는 바울의 모습에서 밤이 무섭다며 자신의 등에 이마를 대고 웅크리며 잠이 들던 꼬마가 겹쳤다.

도원은 열 살이 되고 국존센터 85층에서 86층으로 거처를 옮기게 되었다. 그때는 이유를 몰랐는데 열 살까지 같이 자랐던 85층 동기들이 사회, 경제, 예술 등의 주요 인사로 저명해지기 시작하자 스스로 깨닫게 되었다. 그 아이들에게 미치지 못하는 열등 유전자를 가졌다는 것을 말이다. 86층으로 이사하자마자 옆방

꼬마는 자신을 '형'이라 부르며 잘 따랐다. 어떨 땐 귀찮기도 했다. 정바울은 여려서 눈물이 많았고 쓸데없이 눈치를 많이 보고 영악하게 눈치가 빨랐다. 자신의 뒤를 졸졸 따라다녔다. 남동생으로 대하다 선을 넘게 된 건 자신보다 4년 늦게 센터에서 독립한 바울이 자신을 찾아왔을 때부터였다. 동거를 시작했고 어느덧 5년째 같이 살고 있다.

"넌 그게 될 거로 생각하니? 애 키우는 게 그렇게 쉬운 줄 아니? 국존센터에서만 봐도 그 많은 피플에이드와 교사들, 유모들을 생각해 봐. 네가 친 사고들, 내가 친 사고들. 그 뒷수습들을 너랑 나랑 다 한다고 생각해 봐. 너 할 수 있겠니? 나는 자신 없어. 그리고 더 큰 문제는 너와 내가 국존센터 출신이라는 거야. 그것만도 큰 약점이 되어 지금까지 안 겪어도 되는 부정적인 감정들 겪어야 했잖아. 거기에 우리는 국존출신보다 더 희귀한 동성애자야. 동성애 결혼이 법적으로 보장받은 것이 불과 이십 년밖에 안 됐어. 아직 사람들은 우리를 제대로 봐 주지 않아. 우리가 손잡고 문한시를 돌아다닐 수 있니? 우리보다 나이 많은 사람들은 우리가 지나가면 눈살을 찌푸리고 애써 모른 척하는 게 보여, 혐오하는 게 보여. 그런 우리가 애까지 데려오면 그 아이는 무슨 죄로 그 혐오를 감당해야 하는 거니? 거기다 너 이제 25살이야. 부모가 되기엔 너무 어려. 내가 저지른 일이지만 너까지 휘말리게 할 순 없어. 그 아이한테도 우리와 엮이느니 센터에서 또래와 지내는 편이 더 나을 거야."

바울은 반박할 수 있는 말이 생각나지 않았지만, 도원이 자신을 염두에 두고 상황을 판단하고 있다는 사실에 안도했다.

다시 침묵의 시간이 흘렀다. 도원은 피플에이드'새미'에게 뜨거운 차 두 잔을 가져오라고 했다. 바울은 뜨거운 차를 마시며 쌀쌀한 바람 속에서 할 말을 찾았다.

"도도, 나는 형이 있어서 버텨냈어. 내가 기댈 수 있는 등이 있고, 잡을 수 있는 손이 있고, 다정하게 날 걱정해 주는 사람이 있어서 안 죽고 나는 버텨냈어. 청우가 죽고, 새한이가 죽고, 제니가 죽었어. 그 애들이 왜 죽어야 했는지 나는 알아. 근데 국존센터는 그 애들의 죽음을 관찰했어. 그 애들의 죽음을 막는 게 아니라 관찰해서 수치화했어. 형, 나는 형이 방문을 열어줘서 살았어. 형이 등을 내어줘서 산 거야. 그러니 형은 나한테도 책임을 느껴야 해. 아, 형이 게이가 된 건 내 탓이니 내가 책임질게. 만약 내가 여자였다면 형의 아이를 낳았을 거야. 형과 함께 둘만의 어떤, 삶의 어떤 부분을 같이 해내고 싶은데, 내가 여자였다면 아이를 가졌을 것 같아. 사랑하는 남녀끼리 할 수 있는 최대의 친밀감의 표현이자 예속되어 관계가 단단해지는 데에는 아이가 최고인 것 같아. 근데 나는 형과 같은 걸 달고 태어나서 그렇게 못 해. 성전환을 형이 해주면 정말 고마울 텐데, 고려해 줄래? 지금 이렇게 선물처럼 뚝 떨어지는 그 아이가 나는 너무 반가워. 그 아이를 데리고 오자. 최소한의 책임감으로. 지금은 그 아이에게 세상에 너 혼자가 아니라는 생각이 들도록 해야 한다고 봐. 사람들 속에서 부대끼고 살면서 성장할 수 있는 집을 우리가 그 아이에게 주자. 우리가 국존 출신이라도, 게이이더라도 그런 선택지를 그 아이에게 줄 순 있잖아. 그 아이가 좀 더 철이 들어서 멸시와 혐오의 눈으로 게이이며 국존출신인 우리를 원망한다면 그때 국존센터로 들어가도 늦지 않다고 봐. 형, 도도. 다시 생각해주라. 형은 좋은 엄마가 되어 줄 거야. 나는 좋은 형이 되어 줄게. 진심이야."

 도원은 식어버린 차의 마지막 모금을 뜨겁게 올라오는 감정과 함께 꿀꺽 삼켰다. 시선을 찻잔 안의 나뭇잎 그림을 보면서 바울의 시선을 외면했다. 바울은 천천히 일어나 한기가 든 몸을 가볍게 털어내고 도원의 어깨를 살짝 짚더니 거실로 들어갔다. 도원은 찻잔에서 고개를 들고 어둠 속을 응시하며 그대로 한참을 머물렀다.

 도원은 국존센터에서 생활하는 동안 85층 15명 친구 중의 2명이 죽음을 선택했고 센터의 모든 사람에게 충격을 주었다. 도원은 그들 선택의 이유가 자신의 방황과 같은 이유일 것이라 짐작했다. 공허했고 삶의 이유가 필요했다. 그들의 선택에는 공감하였으나 그 선택을 실행한 용기를 도원은 가지고 있지 않았다. 그들은 인구 증가 필요에 의해 만들어진 아이들이었고, 우수하다는 유전자를 섞어 만들어 낸, 삶의 방향성마저 국가에서 정해준 아이들이었다. 스스로 선택하고 있다고 생각하지만, 실상은 아무것도 선택하지 못하는, 짜인 인생을 살아갈 아이들이었다. 도원은 자신이 그 기준에 부합되지 않는 유전자들을 끌어모아 자신을 만들어 낸 것에 스스로 안도했다. 85층에서 계속 성장했다면 그 역시도 육교에서 뛰어내려 존재가 지워진 그들과 같은 선택을 했을지도 모른다.

도원은 국존센터에서 독립하자마자 모든 것을 버리고 여행을 떠났다. 센터에서 정해준 주거지와 직업을 버리니 굶주림과 소외감이 찾아왔다. 맨몸으로 비주류의 문화와 아슬아슬하게 범법행위가 아닌 것들을 체감하며 맨몸으로 도시와 도시를 건너다녔다. 운이 좋게 바다를 건너 외국에도 다녀올 수 있었다. 도원은 자신이 우수한 유전자로 인한 재능보다 저절로 불리한 상황이 타개되는 행운을 더 타고났다는 것을 이때 절감했다. 좋은 사람들을 만났고 그들의 삶에서 주어진 삶을 사는 것이 아니라 선택하는 삶을 사는 법을 배웠다.

통제되는 삶이 싫어 자연주의를 내세우는 수상한 무리를 따라 배를 타고 이동하던 중에 체포되었다. 민한국으로 추방되어 돌아오고 나서 배당된 거주지로 돌아왔다. 확고한 목표가 생겼고 삶의 이유가 생겼다. 공부를 시작했다. 자연주의 치료 의사가 목표였다. 의

대 진학은 수월했지만, 공부량은 만만치 않았다. 그래도 한 단계씩 밟아 오르는 중이다.

 시간이 흘러 센터에서 독립하고 나서 지금까지 85층과 86층 친구 중 2명의 부고를 더 들었고 한 명은 행방불명 상태였다. 센터에서는 행방불명자에 대해서 생각보다는 추적을 깊게 하진 않았다. 소재를 파악해 두고, 두고 보고 있다는 느낌이 더 강하게 들었다. 몇 년 전 도원이 모든 연락을 끊고 도시와 나라를 떠났을 때도 당장 붙잡혀 오지 않았던 걸 봐서도 그럴 확률이 더 높아 보였다.

 십 대라는 과도기 시절을 미처 다 겪어내지 않고 세상을 떠난 85층의 두 친구는 유서 한 장 남기지 않았고, 둘이 같이 행동하였다. 사망 이유에 대해 의견이 분분했으나 국존센터는 침묵했으며 은폐하였다. 가끔 만나는 85층 친구였던 강수찬은 그들에게 갚아야 할 빚 같은 죄책감을 느끼고 있는 듯이 보였다. 도원은 그런 수찬을 보며 85층, 86층 출신의 그들 모두가 피해자임을 느꼈다.

 86층의 친구들은 85층 친구들과는 조금 다른 이유로 삶을 버리는 선택을 하는 것 같았다. 한마디로 삶에 대한 애정이나 미련이 없어 보였다. 86층 친구들은 센터에서 독립해 자리를 잡는가 싶었을 때, 한 명씩 세상을 버렸다. 센터에서의 생활과는 다르게 혼자 모든 것을 결정하고 선택하는 삶을 버거워했던 친구, 삶의 의미를 못 찾겠다던 친구와 정자로 존재할 때부터 최선을 다할 기회를 뺏기고 손쉽게 난자와 수정된 순간부터 선택할 수 있는 것 따윈 없다는 친구들의 푸념들이 삶을 놓아버리는 이유가 되어 버릴 줄은 그때는 몰랐었다. 자신만 돌아보더라도 사춘기의 정체성 혼란과 널뛰는 호르몬을 잘 넘기는가 싶었더니 센터 밖으로 나와서는 완전한 혼자로 살아가야 함에 외로움과 두려움을 느꼈었고 이렇게 살아가는 것이 맞는 것인지 늘 자문하고 마음 나눌 사람을 끊임없이 찾게 되지 않았던가.

권원진.

아이에 관해서는 아무것도 몰랐다. 일부러 찾아보지도 않았다. 자신과는 다른, 조건이 없는 사랑을 베풀어 줄 엄마가 옆에 있을 것이고 뿌리 없이 방황하는 도원이 가지고 있는 어둠을 그 아이에게 묻히고 싶지 않아서였다. 그런데 그 아이에게 자신이 필요하다고 한다. 도원은 그런 '조건 없는 사랑'이라는 부모의 애정을 자신이 쏟아낼 수 있을지 의문이었다. 받아본 적도 없으며, 배워본 적도 없는데 할 수 있을까 싶었다. 그래서 아이 입양을 거부하려 마음먹었다. 그러자 몹시 마음이 무겁고 가슴 언저리에 돌이 얹힌 것처럼 갑갑해졌다. 자신이 해줄 수 있는 것들과 해줄 수 없는 것들, 아이에게 최선이 무엇인지, 자신의 센터 생활 등이 두서없이 떠올라 혼란스러움, 죄책감과 책임감 이런 것들로 짓눌려 숨이 막혀왔다. 이런 갑갑함이 방금 바울이 한 말을 듣고 마음 한편이 편해짐을 느꼈다. 혼자가 아니라 바울이 옆에 있어 준다고 한다. 자신의 실수를 지적해 주고, 아이 편을 들어줄 사람, 혹은 내 편에서 아이를 같이 양육해 줄, 아이를 키우는 데 있어 서로 의논하고, 성장을 같이 지켜봐 주겠다는 바울의 이야기에. 다시 한번, 도원은 바울이 자신 옆에 존재함에 감사하고 애정이 솟구쳤다.

바울은 침대에 누워 잠을 청해봐도 이런저런 생각들에 머릿속만 복잡했다. 이쪽저쪽으로 돌아눕다가 도원이 방문을 조용히 열자, 눈을 질끈 감고 숨을 잠시 멈췄다가 깊은숨을 천천히 들이쉬었다. 잠이 든 척했다. 도원은 이불을 조심히 들추며 침대에 올라왔다. 팔다리로 바울의 몸을 감싸안아 자기 몸을 바짝 당겨 붙였다. 잠든 척하는 바울의 귀에 대고 말했다.

"내일 강수찬이랑 밥 먹자. 비례대표로 당선되었대. 거하게 맛난 걸로 사겠다는데?"

"우리만?"

"아니겠지. 85층 동기들 다 부르는 것 같아. 서린이, 호준이는 신혼여행 중이니 못 올 거고, 현민이도 올 건지 물어봐야겠다."

"그래서, 어떻게 마음 정했어? 권원진이라고 했지? 내일부터 거실 벽 제거하고 옆집 아니 내 집이랑 트고 방 꾸민다."

"어이구, 못 당하겠네, 벌써 그런 걸 생각하는 거야?"

도원은 바울의 잠옷 속을 손끝으로 더듬으며 바울을 똑바로 눕혔다. 바울은 자기 몸 위에 반쯤 걸쳐진 도원의 허리에 손을 올리고 도원의 눈을 잠시 들여다봤다. 그 시선이 마주치자, 도원은 이내 바울의 입술로 자신의 시선을 옮겼다.

"새미, 이십 분 뒤 R모드로 들어와!"

도원은 바울의 몸 위에 올라타 침대 끝 스피커에 대고 말하며 바울의 잠옷을 벗기기 시작했다.

제 3조 2항

국존의무 대상자가 납부한 생식세포는 납부일로부터 10년간 납부자 요청이 없을 시 소유권 포기로 인정되며 국가소속으로 전환된다. 납부자는 국가소속 생식세포에 대한 어떤 권리도 행사할 수 없으며 어떤 정보도 제공받을 수 없다.

2060년 5월 1일

3년 만의 대학 동기 모임이었다. 이진은 짙은 색 슈트 차림으로 세진은 초록색 꽃이 크게 그려진 짧은 원피스 차림으로 참석했다.

"와, 너희들 오랜만이다. 여전하네."
"어서 와, 그동안 잘 지냈지? 간간이 소식 들었어."

이진과 세진은 일란성 쌍둥이인 데다가 늘 붙어 다녀서 학연, 지연이 겹치는 경우가 많았고, 당사자들 생각보다 훨씬 사람들에게 알려져 있었다. 이진, 세진과 말 한마디 안 해본 사람도, 그들이 누군지 이름 정도는 알고 있을 정도였다. 그러나 이 둘의 성격이 딴판이라 미묘한 표정과 몸짓, 분위기로 오랜 지인들은 이들을 구별했고 쌍둥이 특유의 서로가 닮았음을 인정하지 않는 것조차 그 둘답다고 생각했다.

"장기 불황이라더니 오면서 보니까 여기도 예전하

고 많이 다르네, 다음에는 천수시에서 보자. 요즘은 거기가 필탐(도시예산지원)이 많다고 하더라. 나 요즘 거기서 살려고 알아보고 있어"

 장연호가 이진과 세진을 안내하며 인사말과 함께 건넨 말 속엔 은근한 과시가 들어있었다.
 "아 그래? 이번에도 쭈뼛하고 찌릿하게 뭔가 느껴져? 돈 벌 건수면 나한테도 알려주라"
 세진이 익살스럽게 연호의 팔을 잡아당기며 말했다.
 "뭐라니? 나도 양육세 낸다고 허리가 휜다. 너희도 공유 좀 해 줘봐라. 이번에 이진이는 승진했고 5년 연장 근무 받았다면서? 역시 대단해. 부럽네"
 "........."
 이진이는 부드럽게 미소를 지어주고 재빨리 시선을 돌렸다.
 성인 10명 중 일자리가 있는 사람은 5명 정도였다. 일자리 경쟁률은 치열했다. 기업이나 공무원직은 기본 10년 단위의 근무가 대다수였고, 10년 근무 후 은퇴하는 수순으로 일자리를 창출해 내고 있었다. 10년 근무 동안 월등히 뛰어나거나 성과가 높은 사람들 몇 몇은 연장 근무 계약을 할 수 있었고, 백수로 지내지 않을 수 있었다. 그래서 일자리가 있는 사람들은 선망의 대상이었고 시기의 대상이기도 했다. 이진은 연장 근무 계약을 했다는 사실이 친구들 사이에 오르내리는 것이 껄끄러웠다.

이진이 앉은 테이블 건너에 수민과 혜희 소준이 앉아 있었다. 세진과 연호는 크게 웃으며 철영에게 무언가를 보여주고 있었다.

이진은 수민의 곁으로 자리를 옮겼다.

"여전하지, 연호는?"

"그러네, 안 변해서 보기 좋아."

수민의 목소리와 이진의 목소리는 많이 닮았다. 특히 말투도 닮아서 스쳐 지나가면서 들으면 목소리 주인을 혼동하기 일쑤였다.

"연장 근무 됐다면서? 축하해."

"고마워. 너도 좋은 소식 있다고 들었어. 아이 갖기로 했다면서?"

"응, 잘한 선택인지 모르겠어. 근데 나 작년에 은퇴하고 할 일이 없으니 자꾸 우울해지더라. 우울 경고 5번 받고, 강제로 병원 다니고 약 먹고 하다 보니, 좀 낫긴 한데…. 그러다 알았어. 내가 사람을 그리워하는 구나 하고."

"아이 갖기로 한 이유가 그거니?"

이진이 수민을 똑바로 바라보며 물었다.

"비난하는 거지? 나도 내 선택에 자신이 없으니, 너까지 그러지 마. 쉽게 생각한 건 아니야."

"그래, 어쨌든 좋은 일이잖아. 국가 존속을 위해 의무를 다했고, 양육까지 하는 거, 쉬운 거 아니잖아.?"

혜희가 이진을 달래듯이 말했다.

"그렇지, 쉬운 일 아니지."

"아니, 왜 이런 법이 만들어져서는 우리를 시험에 들게 하는 거야? 국존법 첫 대상자라서 주위에서 은근히 압박이 많아. 자기네들은 애 안 낳아놓고, 왜 우리한테는 낳아서 기르라는 건데?"

혜희가 발끈하며 크게 말했다.

"뭐야 국존법 얘기야? 나도 할 말 많은데, 끼워주라. 연호는 아이가 셋이래. 양육세가 어마어마하대. 진정한 애국자는 쟤야"

어느새 세진이 이진 옆에 앉으며 말했다.

"언니랑 나는 아직 '선택 마감일' 안 지났어. 이번 달까지 결정해야 해."

"그래도 너희는 '선택'이란 걸 하니 좋겠다. 나는 '선택'받는 입장인데, 지난 십 년 동안 한 번도 못 받아봤어. 이건 이거대로 짜증 나."

잠자코 듣고만 있던 소준이가 한마디 거들었다.

"넌 다 좋은데, 키가 좀 그렇지. 아무래도 키가 큰 유전자를 선택하는 것이 애한테 덜 미안하지 않겠어?"

혜희의 말에 소준이 발끈했다.

"몇 가지 정보로 나란 사람을 어떻게 다 표현하냐고? 키, 혈액형, 이런 걸로 선택하는 게 말이 되냐? 나란 사람은 눈, 코, 입 생긴 것보다 인간성이 훌륭한데, 그걸 알릴 방법이 없다는 것이 애통하다. 근데 너희들 혹시 나는 어떻게 안 되겠니?"

"그걸 말이라고 해?"

혜희가 소준의 어깨를 한 대 치며 목소리를 살짝 높였다.

"정말 안 되겠니?"

소준은 웃음기 머금은 얼굴로 가볍게 다시 한번 이진 세진을 쳐다보며 말했다.

"안돼. 으,생각만해도, 으, 난 엄마 될 생각 없어."

세진이 단호한 표정으로 딱 잘라 말했다.

아무래도 국존법의 첫 대상자들이라서인지 모두 한 가지 이상의 불만들은 가지고 있는 듯했다. 강제적인 납부 의무는 개인의 자유를 침해하였으며, 자신도 모르는 자신을 닮은 아이가 만들어진다는 것도 거부감이 들었다.

혜희가 조금 큰 소리로 좌우를 둘러보며 말했다.

"생식 세포라는 것이 참 그래. 납부하고 오는데 왠지 정말 오래 키우던 개를 버리고 오는 그런 기분 같달까? 뭔가 찜찜하고, 뭔가 두고 오는 것 같고, 그러면서 앞으로 어떤 사건이 벌어질지도 모른다는 막연한 불안감 같은 게 들더라. 너희는 안 그랬어?"

"아니? 난 기대감이 더 컸는데... 나도 모르게 여자들에게 선택받고, 내 아이가 나도 모르게 태어나고, 자라나 우연히 마주칠 수도 있다는 상상이 너무 재밌지 않냐? 아이는 성장하는데 나는 육아를 할 필요가 없으니 더 좋고, 양육세만 따박따박 내면 다 알아서 키워준다는데 야, 말하고 보니, 나는 국존법으로 득본 거 같아. 너희들도 생각을 좀 바꿔봐라."

연호가 웃음을 머금고 익살스럽게 말했다.

"그래, 어련하시겠어. 세 번이나 선택받아 애 셋 딸린 홀아비됐는데도 좋댄다."

소준이가 연호에게 들리지 않게 작게 궁얼거렸다. 이진은 소준의 말을 애써 못 들은 척했다.

"애초에 아이를 낳을 사람들만 따로 많이 낳으라고 하면 안 되나? 애 낳는 사람들한테 막 이런저런 혜택 주고, 양육비, 교육비 이런 거 막 지원해 주고⋯⋯안 낳겠다는 사람들은 내버려두고⋯ 굳이 아이 생각 없다는 사람들 다 끌어들여서, 벌금 강제하고 이게 모냐?"

말수가 적은 철영이 나긋나긋한 어조로 이야기했다.

"그럼, 애 한 명 낳는데 5억씩 준다 하면 철영이 너는 낳을 거야?"

혜희가 철영이에게 물었다.

"음⋯⋯문한시 35형 맨션이 12억 정도 하고, 성인 될 때까지 입히고 먹이고 하는데 3억쯤 든다고 하면⋯무리다. 돈 더 받아야겠는데? 거기다가 지금 내 생활 다 포기해야 하는 거잖아. 으,⋯그건 돈으로도 안 되겠는데?"

철영의 말에 다들 작게 큭큭 웃었다.

"봐, 그게 현실이야. 돈 많이 준다고 해도 안 낳으려는 사람들은 다 이유가 있다고⋯근데 수민이는 이제 아이 가질 거라면서? 괜찮겠어?"

혜희가 수민이에게 물었다.

"많이 생각해 봤는데, 나는 충분히 내 시간들을 가져본 것 같아. 이제 연금도 나오고 바우처도 지원되니 아이 키우면서 좀 다른 삶을 살아보고 싶어. 12억짜리 맨션에서 살아보진 못하겠지만 문한시 변두리 쪽으로 가서 소박하게 살아볼래. 아이를 최고의 환경에서 키우지는 못하는 미안함이 있긴 한데, 이런 삶의 방식도 있어야 하지 않겠어? 내가 할 수 있는 최선을 다하면서 살아보려고 해."

수민의 말에 잠시 조용해졌다.

"그래, 그것도 네 선택이니, 우린 가끔 놀러 가 줄게. 우리 조카 얼굴도 볼 겸. 우리 중에 유일하게 애 키우는 사람 되는 거잖아. 오~ 멋지다! 응원한다!"

연호가 수민의 어깨에 손을 올려 토닥이며 과장되게 말했다. 그런 모습에 일동은 다시 왁자지껄 자신의 생각을 말하기 시작했다.

이진은 수민의 얼굴을 가만히 보면서 생각에 잠겼다. 수민이의 말에 공감하면서도 이진은 자신이 아이를 키우게 될 현실과 아이를 낳을 이유를 다시 생각하게 되었다.

 천이진과 천세진이 난자를 납부한 지 십 년의 시간이 흘렀다. 또래 모임을 가면 아이가 있는 쪽과 없는 쪽의 비율이 반반 정도였다. 국가에서 임신 출산 양육까지 책임져 준다고 하는데도 아이를 갖지 않겠다는 비율이 약간 더 높았다.
 일자리는 피플에이드들이 대체했고 사람들은 연금과 바우처에 의존하여 생활하였다. 인간의 창의력이 발휘된 인류 문화들이- 춤, 노래, 그림, 문학 등-인간의 전유물인 것들마저 피플에이드의 영역이 된 지 오래였고, 넘쳐나는 오락거리들로 사람들은 삶에 주어진 시간을 보냈다. 할 일이 없었다. 그나마 몇 안 되는 일자리들을 꿰찬 사람들은 상류층이라 할 정도로 복 받은 사람들이었다.
 이런 세상에서도 인구는 크게 늘지 않았다. 누군가는 여전히 양육세를 부담스러워했고, 누군가는 양육과 모성애가 유전적으로 새겨진 의무로 느껴져, 인생을 아이에게 매여야 한다는 생각에서 자유로울 수 없었다. 아이를 갖는다는 것은 기존에 내가 가진 모든 것들보다 우선시해야 하는 대상이 생긴다는 의미였고, 내 의지와는 상관없는 돌발상황들을 맞닥뜨리며 자신의 시간과 에너지를 쏟아야 한다는 의미였다.

 모임에서 돌아오는 길에 이진은 창밖을 무심히 바라보는 세진에게 말했다.
 "나 생각해 봤는데, 아이 가질까 해. 넌 전혀 생각 없다고 계속 말했지만, 나는 계속 고민했었어. 지금부터는 엄마로 살아볼까 해."
 세진은 시선을 돌려 이진의 얼굴을 구석구석 살폈다.
 "진심이구나. 알았어. 내가 썩 괜찮은 이모 해줄게. 이번 크리스마스부터는 조카 선물도 준비해야겠다."
 세진은 이진의 손을 찾아 쥐었다. 둘은 마주 보며 눈웃음을 주고받았다. 세진은 이진이 가정을 갖고, 아이를 갖고 싶어 하는 마음을 알고 있었다. 몇 명의 연애 상대들은 이진이의 이런 마음을 부담스러워했다. 책임이 따르지 않는 가벼운 연애를 추구하는 시대였다. 한 사람을 오래 두고 보며 평생을 약속하는 연애관은 구시대 유물이 되었다. 그렇게 연애가 끝날 때마다 세진과 이진은 서로를 위로하며 서로가 존재함에 감사했다. 가족이, 형제자매가 좋은 이유, 필요한 이유가 되었고, 따뜻한 가정을 갖고 싶다는 열망이 더해졌다.
"......고마워."
이진이 세진에게 말했다.

제 5조

인공 수정과 인공 자궁을 이용해 출산한 아이는 자연 출산한 아이와 어떤 차별도 두지 않는다. 국가는 인공 출산으로 태어난 아이가 차별받지 않도록 보호할 의무가 있다.

2070년 12월 22일

"엄마, 이제 다 된 거예요? 나 또 뭐하면 돼요?"
"이제 손 씻고 기다리기만 하면 되겠다. 친구들 어서 오라고 노래하고 있을까?"
이진은 들떠서 여기저기 휘젓고 다니는 딸아이를 눈으로 좇으며 꽃장식을 마무리했다.
"하늘아, 이제 문 앞에 가서 친구들 맞이하자, 이리 오렴"
오늘은 하늘이 생일이다. 요즘은 생일날 친구들과 그 부모를 초대하여 같이 시간을 보내는 옛날 방식이 또 유행이다. 아이들은 귀한 존재로 누구나가 아이들에게 미소를 보였고 아이 부모에게 인사를 건넸다. 아이의 생일은 귀한 존재인 아이의 친구들을 점검하며 부모들의 친목도 다지는 특별한 날이 되었다.
초대한 친구는 7명, 남자아이 네 명, 여자아이 세 명. 부모가 동행하는 아이가 세 명, 나머지는 아이만 오겠다고 연락을 받았다.
일주일에 아이는 두 번만 학교에 간다. 주 4일 등교

를 해야 하는데, 이틀은 화상수업이고 이틀은 등교해서 모둠활동과 특성화 교육을 받는다. 등교해도 머무르는 시간이 짧아서 친구를 사귈 수 있을까 싶었는데, 하늘이는 곧장 친구들을 만들었다. 화상수업이 끝나면 VR 놀이터에서 친구들을 만났고 방에서 까르륵 소리가 들릴 때마다 이진은 삶의 충만함에 감사했다.

"하늘이는 밝아서 미소가 예뻐서 눈이 저절로 갑니다. 아이가 축복이라는 말의 표상 같아요. 하늘이 어머니가 잘 키우시는 것 같아서 저희가 도움을 좀 받고 싶네요."

피플에이드들이 아이들 테이블에서 시중을 들며 식사를 챙기는 동안 부모들은 다른 테이블에 자리하고 아이들을 살피며 인사를 건넸다.

"태오는 씩씩하고 리더십이 있어요. 태오가 놀이를 잘 이끌어 아이들이 재밌게 노는 것 같아서 태오는 더 눈에 띄는데요?"

이진이 태오 아버지의 인사말에 답할 새도 없이 이서 엄마가 말을 받아 태오를 칭찬했다. 이서 엄마는 태오 아버지한테 눈을 떼지 못하고 미소를 지으며 눈을 마주치려 애쓰고 있었다.

"아이가 하루하루 자라는 것이 아쉽기만 해요. 아이가 커 가는 걸 보는 건 굉장한 축복 같아요. 우리 그린이가 저희한테 준 기쁨은 말로 다할 수 없어요. 또 그린이는 형제가 있어서 아이들이 우애롭게 지내고 그걸 지켜보는 것만으로도 자부심을 느낀답니다."

"어머, 그린이한테 형제가 있어요? 형? 동생? 큰 결정 하셨네요. 두 분은 어효, 전 감히 못 해낼 것 같은데, 어떻게 둘씩이나, 대단하네요."

이서 엄마가 호들갑스럽게 그린이 부모를 돌아보며 말했다.

"저희 그린이는 셋째에요. 위로 형 둘이 있어요. 첫애랑 막내 나이 차가 열 살이에요. 첫애는 자연임신이었고 둘째, 셋째는 인공자궁으로 출산했어요."

"자연임신까지? 진짜 대단하시네요. 어떻게 그런 결심을 하셨어요? 두 분 금실이 좋으신 것 같네요. 정말 쉽지 않은 결정인데, 두 분 정말 애국자시군요."

태오 아버지가 씨익 웃으며 그린 아버지에게 정중하게 말했다.

"그린이 엄마가 잘합니다. 저는 그린이 엄마가 하자

는 대로 한 건데, 지금은 잘했다는 생각이 듭니다. 큰 아이는 이제 독립했고 두 아이마저 잘 키워 독립시키면 아이들이 사회구성원으로 제 몫 하는 걸 보면 더한 행복이 있으리라 생각됩니다."

"그린이가 정이 많은 것도 훌륭한 부모님 덕분인 것 같네요."

이진이 그린이 부모에게 진심을 담아 이야기했다.

"저쪽에 저 아이가 나디아죠? 하늘이는 나디아하고도 친하네요. 우리 이서한테 들어서 나디아는 친구하기 좀 그렇겠다 싶었는데, 하늘이 엄마는 괜찮아요?"

아이에게 생일잔치를 해주며 친구들을 초대하는 것이 유행이 된 건, 그 부모를 알아보기 위해서임을 이진은 먼저 학부모가 된 친구에게서 들었다. 아이에게 실질적인 부모가 있느냐, 없느냐, 이왕이면 국가기관에서 키워지는 아이 말고 유전자를 물려준 부모가 보살피는 아이를 찾아 친구를 만들어줘야 한다는 조언이었다.

이진은 그 이야기를 듣고 혈통을 중시했던 중세 시대가 생각났다. 자연임신과 자연 출산을 한 부모가 키우는 아이는 로열패밀리인 왕족, 부모 한쪽이 아이를 키우는 경우는 중세 시대 귀족들, 입양된 아이를 키우는 쪽은 중세 시대의 부유한 상인 계층, 그리고 국존센터에서 만들어지고 키워지는 아이들은 평민. 인구 피라미드를 보면 평민 계층이 탄탄하게 위를 받치는 구조로 되어 있다. 또 그런 구조가 안정된 사회이다. 중세 시대로부터 몇 세기가 지난 지금도 마찬가지이다. 국존센터에서 만들어지는 아이들이 절대다수로 많다. 그래서 왕족과 귀족은 자기들끼리 뭉쳐 아래를 보며 우월감과 존재감을 과시하고 싶어 한다. 이진은 자신이 중세 시대 백작쯤은 되지 않는가 하는 생각이 들었다.

실상은 하늘이가 어떤 친구를 사귀든 성품만 괜찮다면 이진은 크게 개의치 않았다. 그런데 하늘이 친구들의 부모가 하늘이를 평가한다는 생각에 이진은 이런 모임에서 벗어날 수 없었다.

국존센터에서 만들어진 아이들은 왠지 보통 사람보다는 피플에이드를 연상시키는 면이 있었다. 분명 사람의 생식세포로 만들어진 아이들인데, 왠지 기계로 만들어진 피플에이드처럼 '필요에 의해서'란 꼬리표가 붙여져 있어서 그런 듯했다. 그래서인지 부모가 선택한 아이가 아닌 납부된 생식세포로 만들어진 국존센터 출신 아이들에게 사람들은 묘한 거부감을 느끼며 모질게 대했다.

아이를 둔 부모들은 더욱 국존센터에서 키우는 아이들에게 반감이 있었고 센터에서 자란 아이들의 범죄율이나 자살률을 주시하며 그 아이들과 자신의 아이들이 되도록 접촉하지 않길 바랐다. 그래서 이렇게 실제적인 만남을 통한 부모들 모임이 활성화되었고, 아이의 친구가 인간적 접촉 속에 자란 아이인지 확인하며 부모들끼리의 동질감을 공고히 하는 자리들이 많아졌다.

"나디아는 3구역에서 통학하죠? 그 아파트 구역에서 어제도 경보가 발령됐다고 하더라고요. 아이들이랑 피플에이드만 사니 매일 문제가 일어나고 불안해 미치겠어요."

이서 엄마가 태오 아버지를 보며 말했다.

"애초에 그쪽 구역에 학교를 만들면 되는데, 왜 굳이 여기까지 통학을 시키는지 모르겠어요. 그쪽 아이들이 더 많은 데다가 처음부터 기숙학교 시설로 만들면 될걸, 왜 주거지와 학교를 분리해서 이 사단을 만드는

지도 모르겠어요."

 이서 엄마의 말을 그린 엄마가 받았다.

 "아이들이 차별받지 않도록 해야 하는 건 맞지만, 저래서는 차별할 수밖에 없겠어요. 통제하는 어른 없이 피플에이드가 키운 아이들은 절제를 잘 모르는 것 같아요. 그런 아이들에게 나쁜 물이 들을까 우리가 우리 아이들을 조심시키는 것을 국존센터가 알아주면 좋을 텐데. '차별은 나쁘다'라는 피상적인 교육만 하고 있으니, 문제는 더 커질 것입니다."

 심각한 얼굴로 그린 아버지가 말했다.

 "아이들은 아이들일 뿐이에요. 우리 아이처럼 저 센터 아이들도 관심 있게 바라보고 사회에서 애정을 주면 문제들이 줄어들 것 같은데…."

 이진의 말에 이서 엄마가 한 톤 높은 목소리로 말을 이었다.

 "알지, 알지, 근데 그게 쉽나? 저 나디아만 봐도 그래요. 학교 수업 중에 교실을 뛰어나가 애먼 학부모들 동원되어서 찾으러 다녔잖아요. 한 반에 열 명 남짓인데, 나디아랑 안 싸운 애가 없고 몸싸움으로 피가 난 애도 서너 명이에요. 모든 애들이 다 착하게 크는 건 아니잖아요? 타고난 기질 문제인데, 그걸 제어할 어른이 없으니, 주변에 피해만 끼치잖아요. 나는 저런 애들이 사회구성원이 되는 것도 문제라고 봐요. 성실하게 제 몫을 하는 우리 애들이 피해를 볼 건데, 어휴."

이 말을 끝으로 다들 나디아를 눈으로 좇았고 침묵이 이어졌다.

"아이들은 아이들일 뿐이잖아요. 아이가 다른 아이들보다 조금 늦게 깨달아도 결국은 이 사회구성원이 될 것이고 우리 아이들이 센터 아이들과 더불어 살아가도록 우리가 가르쳐야겠죠. 저는 하늘이에게 엄마 배 속에서 태어났든 센터에서 태어났든 모두 똑같은 무게의 생명이며 특별하지 않은 사람이 없다고 말하곤 합니다. 엄마는 사랑과 책임으로 너를 키울 것이고 너와 같은 아이들 한 명 한 명이 모두 너와 같이 특별한 존재라고 하늘이에게 몇 번 말했습니다. 엄마 배 속에서 태어났다는 이유로 무시하지 말고 편견을 갖지 말라고 가르치려고 합니다. 엄마의 보살핌을 받는다면 정말 큰 사랑을 받고 있다는 것이고, 엄마의 보살핌이 없다면 그건 사회의 보살핌을 받는다는 것이니 이런 것을 기준으로 친구를 분류하지 말라고 가르치고 있습니다. 아직 아이들이잖아요. 사랑받아야 하는 존재들이고, 어른들이 필요하다고 생각합니다. 우리 역시 저 센터 아이들을 사랑과 책임으로 대할 때 우리 아이가 살아갈 세상이 행복할 거란 생각이 들어서 저는 센터 아이들도 우리 아이처럼 사랑과 책임으로 대하려 합니다."

이진의 독백 같은 긴말이 끝나자 자리에 모인 부모들이 잠시 침묵했다.

"하늘이 어머님은 이상주의자시군요. 저도 하늘이 어머님 생각에는 동의합니다만 현실은 그 이상이 펼쳐지기에는 어렵다는 생각이 드는군요. 저기 보세요. 나디아가 퍼즐을 맞추다가 또 떼를 쓰니 저 아이들이 나디아에게서 자리를 옮겨 앉지 않습니까? 우리 아들은 날 쳐다보며 도움을 청하는군요."

태오 아버지가 자리에서 일어나 태오가 있는 방향으로 걸음을 옮기려 할 때 이진도 자리에서 일어났다.

"나디아의 이야기를 들어봐야겠네요. 나디아도 분명 도움이 필요한 것 같은데 저 아이는 퍼즐이 맞춰지지 않는 난감한 상황을 이겨낼 방법을 모르는 것 같아요. 저럴 때는 잘하고 있다는 한마디 말이 굉장히 큰 힘을 발휘하더라고요. 그 말을 해줘야겠네요."
 이진은 자신을 바라보는 시선들을 느끼며 미소 띤 얼굴로 씩씩하게 나디아에게 다가갔다.

2070년 12월 25일

문한시 제3구역. 아필아파트 102동 305호.

나디아는 현관문을 열자마자 입고 있던 겉옷과 선물 상자를 그대로 현관에 내팽개쳤다. 아무렇게나 신발을 벗어두고 거실에 길게 누웠다.

"잘 다녀왔나요…?'다녀왔습니다'라고 인사해야죠?"

"…………"

"'다녀왔습니다'라고 인사해야죠?"

현관 앞에 팽개쳐진 겉옷을 주우며 피플에이드가 나디아 곁에 다가와 다시 한번 말했다.

"다녀왔…. 다."

"'다녀왔습니다'라고 인사해야죠?"

"….습니다."

"'다녀왔습니다'라고 인사해야죠?"

"마미, 조용히 해. 이제부터 잘 거니까 깨우지 마."

나디아는 신경질을 내며 선물로 받은 상자를 발로 밀어내듯 찼다. 빨간색 선물 상자는 뒤로 밀려 거실 벽에 부딪혔다.

"나디아, 선물 준 사람에게 '고맙습니다'라고 인사했나요?"

피플에이드 '마미'는 선물 상자를 주우며 방으로 들어가는 나디아의 어깨에 손을 올리며 말했다. 나디아는 오른 어깨에 올라온 손을 몸을 움츠려 피하며 문을 쾅 닫았다.

침대에 누워 천장에 펼쳐진 파란 하늘에 흰 구름이 떠가는 홀로그램을 보고 잠시 누워있던 나디아는 벌떡 일어나 거실에 있던 선물 상자를 들고 방바닥에 퍼져 앉았다.

들고 있던 선물 상자 포장지를 주욱 찢어내고 내용물을 확인했다. 짙은 갈색의 두 날개에 간간이 흰색이 섞여 광택이 나는 이십 센티미터 크기의 용이었다. 용을 들고 이리저리 살펴보던 나디아는 전원스위치를 켜고 생체 등록을 했다. 파란 불이 잠깐 깜빡이더니 이내 용이 갈색의 큰 눈을 떴다.

"안녕, 나는 피쿠 넌 내 친구 나디아구나."

"안녕, 피쿠."

장난감용은 윙-소리를 내더니 날개를 펴고 공중에 떴다. 방안을 잠깐 둘러보더니 침대 위 베개 옆에 내려앉았다. 그러더니 두 날개에 머리와 몸을 감싸더니 잠자는 시늉을 하기 시작했다.

나디아는 피쿠를 눈으로 좇다가 침대에 기어 올라가 그 옆에 누웠다. 손을 뻗어 잠자는 척하는 용의 날개를 쓰다듬었다. 피쿠는 실눈을 떠 나디아를 확인하고 그 손이 자신을 만지는 것을 확인하고는 다시 눈을 감았다.

나디아는 베개 옆에 자리한 장난감을 보며 모로 누워서 자기 머리를 바짝 붙였다.

피쿠는 국존센터에서 마련한 크리스마스 파티에서 받은 선물이었다. 산타클로스가 호탕하게 웃으며 나디아에게 선물을 주었다. 나디아는 선물 내용보다는 산타가 사람인지 피플에이드인지가 궁금했다. 피플에이드라기엔 부자연스러운 동작들이 있었고 사람이라기엔 자기가 봐 온 어떤 사람도 저렇게 과하게 웃지 않았기에 헷갈렸다.

국존센터에서 만들어진 아이들은 같은 달에 태어난 50명이 한 방에서 같이 생활하였다. 유모들, 선생님들과 십 년을 같이 살고 나면 독립된 생활을 해야 한다.

나디아가 사는 제3구역은 국존센터에서 만들어진

아이들이 열 살부터 스무 살까지 피플에이드과 생활하는 공간이었다. 열 평 남짓한 공간이 수천 개는 되는 아파트 형식의 주거시설로 아이 한 명과 피플에이드 하나가 짝을 이뤄 여기에서 십 년을 살게 된다. 스무 살이 되면 직업을 얻게 되어 이곳을 떠나거나 정착금을 받고 원하는 도시로 이주할 수 있게 된다.

나디아는 여기에 지난 1월에 왔다. 어른형 피플에이드 하나와 열 평짜리 공간에서 같이 생활한 지 일 년이 다 되어간다. 나디아는 여기 온 첫날부터 모든 것이 낯설고 어색해서 견딜 수가 없었다. 피플에이드 마미는 계속 잔소리만 했다. 인사하는 법, 신발 정리하는 법, 의자에 앉는 법까지 하나하나 쫓아다니며 이렇게 해야 한다, 저렇게 해야 한다고 안내했다. 나디아는 삼 일째 되던 날, '조용히 해, 나 좀 내버려 둬. 저리 가'라고 악을 쓰며 마미에게 퍼부었다. 마미는 나디아가 부리는 그 패악을 조용히 다 듣더니 이내 또 똑같은 소리를 하기 시작했다. 나쁜 말을 했으니 벌점이 매겨질 것이고 관리자가 내일 방문할 것이라는 말을 덧붙였다.

학교는 더 최악이었다. 초등 3학년 학기 중에 전학

을 오는 학생은 대부분 국존센터에서 독립한 아이들이란 것을 부모를 통해 들어서 주의를 받은 아이들은 3월에 전학을 온 나디아를 차갑거나 무관심하게 바라봤다.

같은 국존센터 출신 아이들은 센터에서 같이 머물며 생활했던 동기생들이나 같은 센터 출신 아이들에게만 마음을 열었다.

나디아는 외로웠다. 집에 혼자 있으면 무엇을 하며 시간을 보내야 할지 몰랐다. 피플에이드는 대부분 거실에 머물러 있었고 묻는 말에는 곧잘 대답해 주었지만, 주도권은 나디아에게 있었다. 그래서 아직 판단력이나 삶의 경험치가 적은 아이들은 혼자서 자신을 파악하고 경험의 실천치를 쌓아가지 않으면 안 되었다. 피플에이드는 안내자 역할은 했으나 사람이 먼저 감정이나 경험의 공유를 주도하지 않는 한은 안내자 역할에만 머물렀고 이런 점이 나디아를 견딜 수 없게 외롭게 만들었다. 이를 극복하고 주도권을 갖고 타인과 교류하기 위해서는 - 피플에이드들과도-다른 사람이 어떻게 하는지를 보며 학습하면 되었지만 같은 나이또래 아이들을 VR 놀이터에서 만나 '안녕'이라고 인사를 해도 '안녕'이라고 되돌려주는 친구는 드물었다. 나디아는 외로웠다.

"마미, 크리스마스 카드를 쓰고 싶어."
"누구에게 쓰실 건가요? 어떤 크기와 색깔로 준비해 드릴까요?"
"... 분홍색 큰 리본이 그려졌으면 좋겠어."
며칠 전 하늘이 집에서 본 풍선이 생각났다. 분홍색 풍선과 장식된 리본들이 마음에 들었다. 그보다 하늘이 생일에 본 하늘이 엄마는 마미만큼이나 예쁜 사람이었다. 하늘이가 '엄마'라고 부르며 안길 때 하늘이 엄마는 하늘이를 보며 정말 예쁘게 웃으며 하늘이 볼을 부드럽게 감싸 쥐었고 이마를 맞대고 머라 머라 속삭였다. 그 모습이 나디아는 잊히지 않았다.
그런데 그 예쁜 사람이 자신에게
"잘 안되니? 같이 해볼까?"
"천천히 하다 보면 길이 보여. 괜찮아, 누구나 다 하나씩 어려워하는 게 있어."
"나디아는 판단이 빠르구나? 아줌마는 미처 생각 못했는데, 나디아가 아줌마보다 잘하는데?"

"그렇게 하면 된단다. 아휴, 잘했다. 정말 잘했네. 나디아 덕분에 아줌마도 재밌었단다. 나디아가 짜증 부리지 않고 잘 참아준 거 고마워. 짜증이 나는데 참는 거 어려운 거거든. 아줌마가 하기에도 어려운데도 나디아가 잘 해줬어. 나디아 덕분에 재밌었네. 다음에 또 같이하자."

라는 말을 해줬다.

이런 말들은 마미도 해준다. 나디아가 잘했다. 나디아가 규칙을 잘 지켰다는 말은 해준다. 그런데 하늘이 엄마가 해준 말 중에 '나디아 덕분에'라는 말이 계속 머릿속에서 맴돌았다. '나디아 덕분에' 재밌었다고 했다. 내가 있어서 재밌었다고 했다. 나디아는 지난 사흘간 계속 곱씹었던 말을 다시 곱씹어봤다. 나디아 덕분에.

나디아는 몇 번이나 연습장에 꾹꾹 눌러 고쳐 쓰며 분홍색 카드에 쓸 내용을 정했다.

> 메리 크리스마스!
> 나디아예요.
> 또 놀고 싶어요. 하늘이랑 친하게 지낼게요.

 나디아는 카드를 봉투에 넣으며 우리 엄마도 하늘이 엄마처럼 예쁘면 좋겠다고 생각하다가 그냥 하늘이 엄마가 엄마였으면, 진짜 엄마였으면 좋겠다는 생각이 들었다. 다정하게 내 볼을 맞잡아 주는 엄마가 갖고 싶다는 생각이 들었다. 나디아는 품에 안겨 있는 피쿠를 힘주어 세게 안으며 말했다.
 "넌 내가 엄마 해줄게."

2072년 5월 5일

 오늘은 어린이날. 문한시 가린 테마파크 직원들은 아침 5시에 출근해야 했다. 문한시장의 방문도 예정되어 있어 점검해야 할 사항들이 한두 가지가 아니었다. 더구나 어린이날 행사인지라 방문객들의 안전을 위한 섬세한 주의가 요구되는 날이었다. 피플에이드들의 인지 프로그램들을 점검하고 테마파크시설 내에서의 안전과 청결을 확인하느라 정신이 없었다.

 테마파크 동쪽 끝에서 문한시 '특재 어린이 자랑' 무대도 마지막 점검을 끝내고 있었다. 방송국 스텝들이 피플에이드들을 진두지휘하며 바지런하게 음향과 전선을 확인하고 있었고 가설무대의 안전성을 확인하느라 발을 쿵쿵 울리며 돌아다니고 있었다.

 이은은 방송국 인턴으로 지원하여 현장실무 경험을 쌓는 중이었다. 오늘은 이은 인생에서도 중요한 날이었다. 이런 큰 기획에 참여할 수 있는 것도 이은은 운이 좋은 것이라고 자부했다.

 "이은 씨, 다시 말하지만 생방이야! 생방이라 절대

실수 있어서는 안 돼! 정신 똑바로 차리고! 15명 어린이 출연자 이름 얼굴 단단히 외워둬. 절대 순번, 동선 실수 있으면 안 돼! 이은 씨야, 인턴 경험이지만 나는 연장 근무, 내 밥줄이 달린 일이야!! 제발! 부탁한다! 인이어 똑바로 끼고 즉각 즉각 움직여!"

또 시작이다. 이은의 옆을 스치며 빠르게 쏟아붙이듯이 말을 쏟아내고 멀어져가는 저 사람은 너무 닦달이 심해 스트레스가 쌓인다. 이은은 자기 할 말만 하고 멀어져가는 권원진의 뒤통수를 보며 고개를 절레절레 흔들었다.

"하늘이는 그럼 나디아랑 마주치는 것도 싫다는 거지? 이모가 최선을 다해서 막아줄게. 걱정하지 마. 우리 하늘이 오늘 데뷔 무대만 생각해. 이모 엄청 기대되어서 지금 막 떨려."

"이모, 떨지 마. 이거 무대가 쪼끄매서 내가 콩쿠르 입상했던 것보다 더 별것 아냐."

"그치? 우리 하늘이답다. 언니, 언니도 그만 떨어. 하늘이 말하는 것 들었지?"

이진은 세진과 하늘을 보며 싱긋 웃어줬다. 그러면

서도 모가 난 나디아에 대한 하늘이의 말에 마음이 무거워졌다.

 가린 테마파크 특재 어린이 자랑에 하늘이가 바이올린을 연주한다. '오 현'이란 피아노를 연주하는 아이와 앙상블 무대를 처음 선보이는 자리였다. 테마파크에 도착하고 대기실에 들어가자마자 하늘이는 오 현과 합을 맞춰봐야 한다며 부산을 떨었다. 오 현은 밝고 쾌활한 하늘이와 성격이 비슷했다. 둘은 이내 각자 부모에게 연주할 곡들을 세 번만 연주해 보고 오겠다며 악기를 든 피플에이드를 데리고 사라졌다.

 대기실에 멀뚱하니 천이진과 천세진, 오 현의 아버지인 오규원만 남겨졌다. 오규원은 대기실 한쪽 구석 소파에 앉아 모니터를 들여다보며 뉴스를 듣고 있었다. 이진과 세진은 규원과 조금 떨어져 앉아 다른 어린이 출연진에 대한 정보를 훑어보고 있었다.

 "그래서 언니는 나디아한테 뭐라 말했어?"
 "뭐라 그러겠니. 오늘은 하늘이한테 중요한 날이라 같이 갈 수 없고 가족 모임이 있다고 했어."
 "나디아가 수긍해? 순순히 알겠다고 할 아이가 아닌데…?"

"그래서 걱정이야, 또 무슨 일을 벌일지 몰라서…. 하늘이가 저렇게 싫어하는데도 계속 따라다니나 봐. 하늘이가 너무 스트레스 받아서 정말 이사를 해야 하나 싶어."

"이사를 해도 몸만 멀어지는 거지, VR 놀이터나 게임 속에서는 또 하늘이를 찾아낼 거 아냐. 좋은 방법은 아닌 것 같아. 나디아를 직접 설득하는 것이 낫지 않아?"

"해 봤어. 하늘이를 따라 하는 거, 하늘이 물건이랑 똑같은 거 사는 거. 우리 집에 찾아오거나 우리 집만 쳐다보고 있는 거. 선물, 편지 다 부담스럽다고 그러지 말라고 좋게 타일러도 보고, 안 된다고 강하게 얘기도 해봤어. 근데 앞에서는 미안하다고 조심하겠다고 하고는 다시 다른 방법으로 우리 하늘이 곁을 맴돌아. 설득이 안 통해. 지금으로서는 그냥 우리가 무심하게 대하며 하늘이를 보호하는 게 최선이야."

"근데 좀 짐작은 가. 나디아, 제3구역의 만들어진 아이지? 어쩌면 하늘이보다 언니한테 집착하는 거 아닐까? '엄마'가 없는 아이잖아."

"난 제3구역 아이들을 우리 사회가 좀 더 다정하게

품어주고 다양한 경험을 제공해야 한다고 생각해. 태생이 고아인데, 것도 필요에 의해 만들어진 아이들이 자신의 정체성을 어디서 찾겠니? 하늘이가 5살 때 '엄마 나는 왜 태어났어요?'라고 묻더라는 거 기억하지? 그때 내가 '엄마 사랑을 듬뿍 받으러 태어났다'라고 답했을 때 하늘이의 그 환한 웃음이 정말 깊게 새겨지더라. 아이란 필요에 의해서가 아니라 사랑으로 태어나야 한다는 거 그때 깨달았어. 필요에 의해 만들어 낸 저 아이들이 스스로 사회 구성원으로 잘해 나가길 기대한다면 지금 우리 국존 시스템에는 뭔가 문제가 있다고 생각해. 단순히 인간을 키워내는 것뿐만 아니라 '성장'시킬 프로그램이 더 추가되어야 한다고 봐."

"언니 어려워! 그만! 나는 애가 없어서인지 몰라도 언니가 하는 말 안 와닿아. 내가 할 수 있는 말은 저 나디아로부터 언니랑 하늘이가 좀 떨어져야 한다는 거야. 언니가 나디아에게 모질지 못하니까 하늘이가 저렇게 스트레스받잖아. 진작에 나디아를 스토킹으로 신고하고 나디아 행동을 문제 삼았어야 한다고 봐. 난 솔직히 나디아보다 하늘이가 더 중요해."

"알아, 근데 그러기엔 나디아가 너무 딱하지 않니?

나디아도 결국 하늘이가 제 꿈을 펼칠 앞으로 세상에서 그 세상의 구성원이잖아. 같은 시간을 살아갈 아인데, 저 아이들이 건강해야 결국 하늘이도 건강하게 제 인생을 살아가지 않겠니?"

"무슨, 그렇게까지 생각해? 그럼 할 말이 없지."

오규원은 문한시장의 국회 예산 심의 대응에 관한 기사를 보다가 이진과 세진의 대화를 들었다. 이진의 차분한 목소리는 규원의 시선을 끌었다. 오규원은 '필요에 의해' 만들어진 아이들이란 말에 흠칫했다.

'국존의 의무'가 있었기에 태어난 자신의 딸아이가 생각났다. 딸아이를 만들기 위해 자신의 몸을 내어준 딸아이 엄마는 딸에게 '넌 사랑으로 태어난 아이야.'라고 말해줬을까 궁금했다. 그 딸이 지금 21살이 되었다. 규원은 얼굴도 모르는 딸의 나이를 세며 생일을 축하했고 그 또래 여자아이를 보면 마음이 찡해져 왔다. 얼굴도 모르는 이를 짝사랑하기를 오 년, 어딘가에서 잘 커가고 있을 얼굴도 모르는 딸아이보다 자신의 삶에 충실해지자 생각하며 보낸 시간이 십 년이었다.

그래도 채워지지 않았다. 결국 규원은 입양을 선택

했다. 국존센터에서 '필요에 의해' 만들어진 8살 된 남자아이. 입양 절차는 까다로웠다. 오규원이 정자를 수정한 전적이 있어 자격요건은 충족되었으나 아이와의 정서적 교감과 훈육에 대한 교육 이수 등으로 몇 년을 보내야 했다. 그리고 입양할 수 있었던 아이가 '현'이었다. '이 현'에서 '오 현'으로 개명하고 같이 생활한 지 4년째이다.

현이는 처음부터 구김 없이 밝은 아이였다. 담담하게 자신을 선택해 준 규원을 받아들였고, 다행히 만들어진 부자 관계는 서로가 진심인 것이 눈에 보일 정도로 애정이 넘쳤다. 규원은 딸에 대한 그리움을 덜어서 아들에게 아낌없는 애정으로 돌려주었다. 현이는 피아노를 좋아했다. 현이의 성품을 담아내는 피아노 연주는 그대로 맑고 청아하고 따뜻했다.

그런 현이가 요즘 하늘이란 아이에 대해 자주 이야기한다. 하늘이의 웃음소리가 예쁘다고 했다가 하늘이의 신발 끝에 달린 테슬이 신기하다고 했다. 열두 살 남자아이가 열두 살 여자아이에게 관심을 가진다. 규원은 그런 모습이 또 흐뭇하기 그지없다. 그 열두 살 여자아이의 엄마 역시 오늘 보니 참 바른 사람이다. 저런 생각을 하는 사람이 키우는 딸이라면 역시 바른 아이겠구나 싶어 새삼 아들의 안목에 감탄했다.

 이은은 출연자 명단에서 5번째 출연자 -천하늘, 오현-을 찾아오라 닦달하는 권원진에게 질려버렸다. 악기 연습하겠다는 두 꼬마에게 연습실을 알려줬고 시간 맞춰 오겠다는 약속도 받았으니, 시간이 되면 대기실에 올 것이라고 했는데도 당장 대기실을 벗어났다는 사실만 가지고 이은에게 신경질을 부리고 있었다. 이은은 생글생글 웃으며 더 큰 목소리로 '넵, 당장 대기실로 끌고 오겠습니다! 연주자분들 컨디션보다 대기실 채우기가 더 중요하죠. 당장 채워놓겠습니다! '라고 과장된 몸짓을 보이며 큰소리치고 얼른 권원진에게서 멀어졌다. 권원진의 저 신경질이 다른 인턴에게도 튈 것 같아 둘의 대화를 듣고 있던 인턴에게 다짜고짜 '따라와'라 말하고 손목을 잡고 무대 위를 벗어났다.
 "이불 !! 이 불 !! 아오, 아오. 인턴이 무슨 피플에이드인 줄 아나. 자기가 말하면 토 안 달고 뚝딱뚝딱해 내는 기계인 줄 아나. 아오. 그럼, 인턴 말고 피플에이드를 쓰라고, 아니다. 그럼 내 일자리가 없어지는구나. 아오. 아오. 이런 이 불!!"

 화난 걸음으로 쿵쿵거리며 건물 안으로 막 들어섰을 때 전화가 걸려 왔다. 한 손은 인턴의 손목을 그대로 잡은 채, 다른 팔 팔찌에 얼굴 인식을 하자 엄마 얼굴이 화면에 떠올랐다.

 "응? 네, 저예요...... 늦잠자서 못 먹었어요…. 네 괜찮아요. 간단하게 먹었어요…. 아뇨 늦어요…. 엄마, 오늘 생방송이라서 나 무대 뒤쪽에 있을 건데 아마 방송에 나올 수도 있어요. 응, 주말에 갈게요…. 네 걱정하지 마요. 네? 어린이날 선물요? 엄마 저 스물한 살인데요? 어린이날 선물 받기는 너무 늙었다고 생각이 듭니다요......아니 아는데, 저기요 이소윤 여사님...... 네 네…. 알았어요. 알았어......사랑합니다요. 끊을게요."

 "와, 엄마한테 사랑한다는 말도 해요?"

 이은은 두 꼬마에게 연습 시간을 더 줄 수 없다고 사과할 말을 찾으며, 권원진의 볶임에서 벗어나기 위해선 현장직보단 작가 쪽 일을 알아봐야겠다고 생각하며 엄마와 전화 통화를 하는 과부하 상태에서 현실로 돌아왔다. 목소리를 따라 얼굴로 시선이 가기 전에 자기 손이 잡은 이 청년의 팔목을 따라 시선을 옮겼다.

"어, 미안합니다. 제가 정신이 없었네요."

이은은 흠칫 놀라며 잡고 있는 팔목을 놓으며 말했다. 말이 끝남과 동시에 이은은 다시 발끈해서

"아니, 그럼 조용히 손 놓고 갈 것이지, 전화 통화까지 다 듣고 있는 건 뭡니까? 예의가 없으시네. 나는 저 권원진 씨의 폭격에서 당신을 구해준 건데, 거기 계속 있었다간 어떤 말을 들었을지 모르는데, 냉큼 고맙다고 말하고 미안하다고 하지 그래요?"

편유찬은 웃음이 났다. 이 여자는 감정표현이 직설적이고 순식간에 표정이 바뀐다. 전화 통화를 하며 눈썹이 올라갔다가 내려가는 게 세 번, 미소 지었다가 0.05초 만에 울상으로 표정이 바뀌고 심술궂은 표정으로 콧구멍을 벌렁 했던 것이 한 번이었다. 재밌었다.

"편유찬입니다. 직업 체험으로 오늘 특제 어린이 자랑 안전요원으로 왔어요. 이름이 뭐예요?"

"고등학생이야? 오! 동생이네. 야 근데 너 키가 왤케 크냐. 아니다, 지금은 더 바쁜 일이 있다. 너는 너 할 일 해. 나는 그럼 이만."

"아, 저기, 누나!"

미처 동승하지 못한 키 큰 청년이 멀뚱히 자신을 바라보고 있는 걸 느끼며 이은은 부리나케 엘리베이터 닫힘 버튼을 눌렀다.

 남겨진 편유찬은 방금 상황이 급전개로 휘몰아쳐서 어안이 벙벙했다. 그러나 이내 은은한 미소를 띠며 원래 있던 무대 쪽으로 뛰어가기 시작했다. 기억해야 할 이름. '이은'. 유찬은 자꾸 웃음이 났다.

 서린은 가린 미술관에서 가린 테마파크 쪽으로 걸음을 옮겼다. 정문 쪽 광장에서 보일 테니 찾아오라는 말에 강수찬을 찾으러 가는 길이었다. 테마파크는 와글와글 시끄럽고 복잡해 보였다. 3구역 아이와 보호자로 온 피플에이드, 둘이 짝을 지어 다니는 경우가 대부분이었다. 간간이 부모와 그 자녀로 보이는 아이들도 보였다.

 광장 한가운데에 피플에이드 5명과 보좌관 2명을 대동하고 온 강수찬이 보였다. 강수찬의 손에도, 피플에이드 손에도 형형색색의 새나 나비가 들어 있는 풍선 꾸러미가 들려 있었다. 수찬은 서린을 보자 환하게 미소 지으며 가볍게 안았다. 그리고는 분홍색 새가 날

아다니고 있는 풍선 하나를 서린의 손에 쥐여 주었다.

"어린이날 선물."

"이 풍선 오랜만이네, 센터에서 받아보고 처음인 것 같아."

"그렇지? 나도 풍선 보니까 굉장히 반갑더라."

"근데 문한시 시장님께서 이렇게 직접 풍선씩이나 나눠주고 그래도 돼? 너무 권위가 없잖아."

"모르는 말씀. 이렇게 친근하게 다가가며 인지도 쌓는 거야. 그게 내 전략이야."

"대통령이 되려면, 3구역 아이들에게 풍선 나눠주는 것보다 아는 국회의원 한 명 더 만들고 같이 골샷 치는 게 낫지 않아? 그게 더 현명할 것 같은데?"

"아니, 최서린. 언제부터 이렇게 정치적인 사람이 된 거야? 네가 처세를 알다니...역시 사람은 길게 봐야 하는구나."

강수찬은 커다란 사탕 두 개를 든 아이의 손목에 들고 있던 풍선을 하나 묶어주었다.

"호준이는 여전하지?"

"응, 여전해. 그 연구실에 박혀서 반미치광이처럼 연구만 해. 그거 보기 싫어서 프랑스 갔더니 노벨물리학상 후보라는 얘기 듣고 파리 전시회 일정 조절하고 여기 온 거야. 너도 볼 겸."

"그렇게 따로 살 거면서 결혼은 왜 했니? 내가 사귀자고 했을 때는 남매로 남자고 하고 결혼은 호준이랑 하고, 지금이라도 안 늦었어. 난 그대로야."

수찬은 풍선을 든 두 팔을 살짝 벌리고 장난스러운 표정으로 고개를 살짝 돌려 천천히 시선을 내리깔았다. 서린은 수찬의 시선을 피했다. 그 어색함을 느끼고 수찬은 재빨리 화제를 돌렸다.

"가린 미술관 전시회는 언제야? 준비는 다 됐어?"

"아직 시간 많아. 천천히 하면 돼. 그보다 언제까지 여기 있을 거야?"

"준비한 풍선이 오백 개인데 저거 다 나눠주고 가야지. 도와줄 거니? 아님 먼저 가서 기다릴래?"

"도울게. 그냥 나눠주면 돼?"

"아니지, 내 이름 말해야지. '강수찬 문한 시장이 어린이날을 축하드립니다.'라고 하면서 나눠주면 돼."

"이렇게까지 하는 거 보면, 정말 대통령 출마할 생각인 거지?"

"정치 입문하면서 그 정도 각오는 기본으로 하는 거

야. 너도 나 뽑아줄 거지? 동생아."

수찬은 씨익 웃으며 서린 어깨 너머로 시선을 두더니 서린의 곁을 스쳐 아이스크림을 들고 있는 두 아이에게 다가갔다.

"문한시장 강수찬이, 어린이날 축하드려요. 어린이 여러분."

"아, 감사합니다. 예쁘다. 혹시 하나 더 주실 수 있나요?"

"그럼요. 동생이나 친구에게 나눠 줄 거죠?"

"네,"

두 개의 풍선을 받아 든 여자아이는 곧장 뒤따라오던 엄마로 보이는 사람에게 뛰어가 안겼다.

"엄마, 풍선 받았어요. 시장님이 주셨어요. 이거 하나는 엄마 거예요. 예쁘죠?"

"'고맙습니다'라고 인사했어? 하늘아. 엄마한테도 이런 풍선을 주다니 우와, 고마워."

이진은 풍선을 받아 들고 풍선을 나누어준 시장님과 가벼운 목례를 주고받았다.

"이모 건 없니?"

"이모는 내꺼 빌려줄게. 이거 내일은 이모가 갖고 가."

"아이쿠 이런, 그럼 매일 하늘이 보러 이모가 가야겠

는데?"

"응, 매일 와."

"그럼, 이모랑 현이랑 매일 갈까? 그래도 돼?"

하늘이를 놀리듯이 세진이 말을 하자 현이가 오규원을 돌아보며 말했다.

"아빠, 내일도 하늘이랑 여기 와서 놀아도 돼요?"

오규원은 이진을 보며 동의를 구하는 눈빛을 보냈다. 이진은 밝은 미소로 오규원에게 고개를 끄덕였다.

풍선을 받아 든 두 어린이가 발걸음을 멈추고 그 보호자 품에 안기는 바람에 그들의 대화를 본의 아니게 듣게 된 수찬과 서린이였다. 그들이 멀어지자, 수찬이 말했다.

"서린아, 넌 왜 아이 안 가졌니?"

"... 호준이 성격을 알잖아. 호준이는 자기 유전자 남기는 거 끔찍하다고 생각하는 것 같아. 그건 너도 마찬가지 같은데. 맞지? 나도 딱히 나 같은 아이 키울 자신이 없었고. 그냥 호준이와 나는 서로에게 보호자가 되어 주는 결혼을 한 것뿐이야. 근데 기사 읽었어. 국존센터 출신이라고 근본도 없다고 청보당에서 깎

아내리던데, 대리모라도 구해서 아이를 갖지 그랬어? 그럼, 좀 덜 공격당할 것 같은데. 지금이라도 노력해봐. 여론을 네 편으로 만들려면 그 정도 보여주기는 해야 정치인 아냐? 국존 의무도 완수하지 못한 반푼이라고 내려 깎기는 그 수모를 어떻게 참아?"

"참고 있는 것으로 보였어? 나 그렇게 만만하지 않아. 안 보이는 곳에서 착실히 되갚아 주고 있어. 걱정하지 마. 너야말로 국존 출신인 거 밝혀지고 그림값이 내려갔다고 들었어. 내가 도와줄까?"

"국존센터 출신이라고 앞에서 웃어주고 뒤에서 손가락질하는 거는 그 사람 품성 문제라고 생각해. 우리더러 품종개량 인간이란 말, 근본도 모르는 인간이란 말. 사실 맞는 말이잖아. 상처받을 만큼 어린애는 아냐."

서린은 지나가는 아이를 쫓아 손에 풍선을 쥐여주고 수찬을 보며 자조적으로 웃었다. 강수찬은 서린이 말은 저렇게 해도 그녀의 그림 작품 속에 배어 있는 우울을 알고 있다. 그 어린 시절 국존센터, 그 방에서부터 서린이는 울분을 저렇게 그림으로 녹여냈다.

"여론은 계속 내 결점을 찾아서 떠들어댈 거야. 내가 유력한 대선 후보라서 더 파헤쳐서 뭉개지도록 폭력

적일 것이라 각오하고 있어. 그래서 나도 준비하고 있어. 거대한 폭탄을. 지금 검토 중인데 대통령 출마 선언하면서 공약으로 내걸 거야. 뭔지 궁금하지? 미리 알려줄까?"

수찬은 손가락을 까닥까닥하며 가까이 오라 신호했다. 서린은 한 발 가까이 수찬의 곁으로 다가갔다. 수찬이 서린의 귀 가까이에 대고 말했다.

"국존법 폐지."

서린은 놀란 두 눈을 크게 뜨고 수찬을 바라봤다.

수찬과 서린은 풍선 500개를 다 나눠주고 같이 수찬의 집으로 돌아왔다. 호준도 시간에 맞춰 수찬의 집에 도착하였다.

덥수룩한 머리에 지난번 봤을 때보다 더 말라 보이는 호준의 모습에 수찬은 가볍게 한숨을 쉬었다.

"호준아, 사람은 머리칼을 그렇게 새집처럼 놔두지 않아. 사람처럼 보이고 싶으면 오늘은 이발부터 하고 밥 먹자. 따라와라."

호준은 군말 없이 수찬을 따라 복도를 지나 끝방으로 향했다. 수찬의 집은 2층 저택이었다. 넓은 정원과

집무실과 사무실을 겸한 소박하나 정갈한 느낌의 1층과 개인 공간으로 사용하는 2층으로 나누어졌다. 1층 끝방은 정원 쪽 현관과 연결되어 있었고 메이크업 도구들과 방송용 카메라가 세팅된 방이었다.

 미용 담당 피플에이드가 호준의 머리칼을 분석하고 호준의 의견을 물었다. 호준은 피플에이드가 권하는 스타일의 첫 번째 사항에 모두 그렇다'로 답해버렸다. 3센티 정도 짧은 머리에 금색 염색 머리 스타일로 작업을 시작한다는 피플에이드 말을 듣고, 기겁한 서린이가 다시 피플에이드에게 명령을 입력했다. 가위와 빗을 들고 피플에이드가 호준의 머리칼을 잘라내기 시작하자 호준은 눈을 감았다.

 그런 호준의 모습을 보며 수찬은 웃으며 서린에게
 "호준이는 여전하네, 너도 여전하고. 나만 나이 먹으며 변하는 것 같아 좀 서글프네. 다 되거든 아까 그 정원 식탁으로 와. 먼저 가 있을게."
 서린은 말없이 고개를 끄덕였다.

 5월, 저녁 시간이라 잔잔한 바람이 딱 기분 좋게 불었다.

세 사람은 식탁에 앉아 차려 나온 음식을 먹으며 근황을 이야기했다. 주로 수찬과 서린이 이야기를 하고 호준은 묵묵히 듣고 있었다.

"그동안 말하지 못했던 사실이 있어. 너희한테 말하기엔 상황이 여의찮았는데, 이제 말할 수 있을 정도로 정보를 모았어. 너무 충격받지 않았으면 하는데, 마음의 준비를 하고 들어."

식사가 끝나갈 무렵 수찬이 오늘 식사 자리의 목적을 이야기했다.

"아까 테마파크에서 이야기한 그거 말하는 거야? 국존법…. 말이야."

서린은 계속 물어보고 싶었던 국존법 폐지에 대해 수찬의 생각이 궁금했다.

"그것과도 관계되는데, 더 개인적인 문제야. 너희가 날 너무 나쁘게 생각 안 했으면 좋겠어. 오래 비밀을 지킬 수밖에 없었던 내 입장도 생각해 주길 바라."

"알았어. 네가 판단한 거라면 믿어. 호준이도 괜찮지?"

서린은 호준을 보며 재차 물었다. 호준도 크게 고개를 한 번 끄덕했다.

수찬은 크게 심호흡을 한번 한 후 이십 년 전 2053

년에 모리암에게 불려 갔던 일을 이야기하기 시작했다. 자신이 모준우 대통령의 아들 모리암의 기증된 정자로 태어났고 모리암이 자신을 알아봤다는 것과 지금까지 자신의 정계 인생의 뒷배가 되어주었기에 지금 자신이 여기까지 올 수 있었다는 사실을 이야기했다. 그리고 이제 민한국의 대통령이 될 준비를 하고 있다고 이야기했으며 아버지 모리암과 자신은 국존법을 폐지할 것이라고 말했다. 정확히는 국존법에 따라 필요에 의해 부모 없이 태어나는 아이들이 더는 없게 하겠다는 것이었다.

서린과 호준은 매우 놀랐다. 수찬이 아버지를 찾았다는 사실과 자신들의 생각보다 수찬은 더 국존 센터를 증오하고 있다는 것에 당황했다. 누구보다 성실하고, 규칙을 잘 지키며, 다른 친구들을 설득하며 센터에 잘 적응하던 이가 수찬이었다. 그런 수찬이 처음으로 센터에 대한 부정적인 말들을 쏟아냈다.

잠시 말없이 각자 생각에 잠겨 있던 서린이 수찬을 보며 말을 이었다.

"네가 부모를 찾았다면 우리도 찾을 수 있는 것 아냐? 이제 부모가 필요한 나이는 아니지만 그래도 만나보고는 싶어. 혹시 방법이 있어?"

"내가 모 씨 집안의 권력을 이용해 찾아보려 했었어. 그런데 못 찾았어. 국존센터의 정보는 정말 파편화되어 있어서 남아있는 정보가 거의 없었어. 나 같은 경우는 모 씨 집안 특유의 내력이 겉으로 드러나 찾은 경우잖아. 이런 경우 아니면 찾는 것이 거의 불가능하더라. 그래서 더 너희들에게 말 못 했어. 나만 부모를 찾았다는 것이 미안하고 너희가 충격받을 것 같아서."

서린과 호준은 각자 생각에 잠겨 말을 잇지 못했다. 유년기에는 부모가 자신들을 찾아올 것이라 생각했었고 사춘기에는 찾아오지 않는 부모를 원망했으며, 성인이 되어서는 포기했었다. 그런 자신들의 어릴 적 모습이 떠올랐다. 그런데 부모가 자식을 먼저 알아본 수찬의 이야기에 자신들에게도 일어날 수 있는 일인지 기대감이 생겼다가 이내 50년의 세월이 흘렀음을 떠올렸다. 두 번은 일어날 수 없는 일이었다.

친구들의 모습을 보며 수찬은 피플에이드에게 다과상을 가져오라 지시했다. 수찬은 친구들의 침묵을 조용히 받아들이며 기다렸다. 얼마간의 시간이 흐른 후 호준이 입을 뗐다.

"집안 특유의 내력. 나도 한 번 만나본 적 있는 것 같아. 천문학 세미나에서 강의하던 교수 한 명이 내가 서 있는 자세, 왼쪽 다리에 힘을 풀고 앞으로 내민 자세를 자주 취하더군. 거기다가 목을 꺾는 습관도 나와 같더군. 같은 버릇을 가진 사람이구나 했는데 네 말대로라면 어쩌면 그쪽 유전자가 나에게 전해진 것일 수도 있겠군. 십 년 전쯤 일인데 한 번 찾아봐야겠군."

이번에는 서린과 수찬이 놀란 얼굴로 호준을 바라봤다. 자신의 연구-물리학- 외는 어떤 관심도 두지 않던 호준이, 다른 사람에게 관심을 가졌다는 것과 그 특징을 기억한다는 사실이 놀라웠다.

"역시, 핏줄은 당긴다는 말이 맞나 보다. 저 호준이가 기억할 정도로 특별한 일이었던 거야. 날짜도 기억해.? 나도 도울게. 같이 찾아보고 같이 뵈러 가보자."

수찬이 호준이에게 말했다.

서린은 두 사람을 물끄러미 바라보며, 오십 살이 된 우리조차도 부모는 찾아보고 싶어지는 존재구나 싶어 서글퍼졌다.

"부모들은 우릴 찾지 않는데 우리가 굳이 나설 필요 있을까? 나는 안 만나보고 싶어. 아마 그쪽도 나란 사람이 존재한다는 사실도 잊고 있을 것 같아."

 호준과 수찬은 서린이 말을 듣고 다시 침묵했다. 각자의 생각에 잠겨 있을 때 수찬이 말했다.

"이 모든 상황이 국존법 때문이야. 부모는 자식을 뺏기고, 아이는 부모의 울타리 없이 태어나고 자라나 준비가 덜 된 상태로 사회에 던져져. 의논 상대가 되어주는 어른이 없어. 피플에이드가 여러 정보를 제공하지만 그마저도 사람이 거부하면 개인윤리와 도덕을 강제 할 수가 없으니 그냥 시행착오를 겪게 되는 거야. 나는 그동안 정계에 발을 딛고 내 위치를 단단히 쌓아 올리며 문한시 국존센터 85층 정보를 닥치는 대로 모았어. 육교에서 뛰어내린 청우, 새한이 왜 그랬는지 그 이유를 알아내는 데 30년이 걸렸어. 센터는 은폐하고 사실을 알리지 않았지만, 알려진 대로 국존센터의 시험작인 우리의 모든 것들이 데이터화 되고 있더라. 거기에 우리는 몰랐던 그 애들의 죽음의 진실이 들어있더라. 그 아이들은 그게 장난이었어. 거기서 뛰어내려도 죽을 거라고는 생각하지 못한, 그냥 철부지 장난이 비극이 된 것이었어. 피플에이드들을 보고 자란 우리가 피플에이드 같을 것으로 생각한 거지. 엄하게, 몹쓸 장난을 야단치거나 훈육하는 건 피플에이드는 못 해. 기본적으로 인간은 기계가 하는 말을 듣지 않아. 기계가 사람 말을 들어야 하는 거로 생각해. 그러니 피플에이드가 부모 역할을 한다는 것은 어불성설이야…. 제니는 왜 죽었는지 알아? 제니는 그때도 알다시피 우울증이 심했어. 사춘기가 되면서 더 심해졌고 센터는 적극적인 치료보다는 제니가 언제 죽을지를 지켜보는 것 같았어. 낮 동안은 멀쩡히 일과를 다 소화하고 밤에는 몽유병과 기억 소실을 겪는 제니의 병은 유전적 요소가 컸어. 이것도 데이터화 되어 있더라. 약을 먹이고 특별 관리를 하는 대신, 세포 속에 새겨진 유전인자가 어떻게 활성화되고 극복해 내는지를 지켜보려 했던 것 같아. 극복은커녕 보기 좋게 실패했고, 덕분에 제니에게 유전자를 물려준 집안의 생식세포는 수정에서 다 제외되었어. 우수 유전자를 가진 훌륭한 국민이 필요해서, 이런 식으로 우리의 성장이 근거가 된 데이터를 만들어 내고 있던 거야."

 서린과 호준은 수찬이 쏟아내는 말들이 너무 충격적이라서 어떤 말도 할 수 없었다. 얼굴에 핏기가 가신 서린은 버릇처럼 호준의 손을 찾아 쥐었다. 어릴 적부터 서린은 호준의 손의 온기를 좋아했다. 그런 서린이에게 늘 말없이 손을 내어주던 호준은 지금도 서린의 손을 맞잡고 그 어깨를 감싸안았다. 그리고 수찬에게 말했다.

"네가 하는 말들이 다 사실인 거지? 우리는 그렇다 치자. 지금도 저 센터에서 아이들이 아직 만들어지고 있는데, 다양한 유전인자를 가진 국민을 생성하는 것이 아니란 말인 거지?"

"국존법이 시행될 2050년에 2천만 명이었고, 20년이 지난 지금도 겨우 2천만 명, 인구는 생각만큼 크게 늘지 않았어. 거기다 국존법으로 만들어진 아이들을 사회구성원으로 교육하기에는 너무 예산이 많이 들어가고, 부모 없는 아이들이 일으키는 각종 문제가 이제 시작되고 있어. 그 아이들은 사람의 손길이 더 필요해. 또 그 아이들이 성장해서 다시 아이를 낳아주면 좋은데, 실상은 그렇지 않다는 것. 우리만 봐도 우리 셋 다 아이를 갖지 않았잖아. 개인의 자유 의지는 무시되어 의무적으로 생식세포를 납부하고 국가에서 인구를 늘리기 위해 아이를 공장에서 물건 만들듯이 만들어 냈더니 이젠 이십 년 동안 만들어진 아이들의 유전 데이터가 풍부해. 그 데이터를 바탕으로 국존센터는 입맛에 맞는 국민을 만들어 낼 것으로 예측돼…. 그보다 더 급한 문제는 센터에서 만들어진 아이들이 독립해 사회로 나오면, 자연 출산을 한 사람들에게 배척당하는 일들이 많아지고 있다는 사실이야. 신종 계급 갈등이 발생하고 있어. 자연 출산을 한 사람들이 우월감을 느끼고 센터 출신들의 열등감을 자극하고 있어. 자연 출산을 한 사람들이 자신의 아이들을 보호한다는 명목으로 센터 출신들을 차별하고 배척하는 분위기가 곳곳에서 감지되고 있어. 이대로는 국존센터가 국민을 양성하는 기관이 아니라 분열과 혼란을 초래하는 자멸 기관으로 나아갈 뿐이야. 그래서 국존센터의 운영을 멈추고 국존법에 대해 다시 논의를 거쳐야 할 단계라고 생각해."

수찬의 긴 이야기가 끝났다. 서린은 호준의 품 안에서 수찬의 이야기를 들었다. 호준의 손은 따뜻했다. 문득 몇 년 전, 중국에서 만났던 한승주가 떠올랐다.

"한승주, 86층 출신. 지금은 행방불명으로 알고 있는데 나 만났었어. 그 사람도 너랑 비슷한 이야기 했었어. 자신은 국존법을 반대한다고, 그래서 센터 존립을 반대하는 사회운동을 시작할 거라고 동참해 달라고 했었어."

"알고 있어, 지금 중국과 일본이 국존법의 성공 여부를 주시하고 있는데, 그 친구가 적극적으로 국존센터 설립 반대 시민운동을 일으키고 있어. 우리나라에서도 밑 작업이 끝났다고 들었어. 곧 시민운동가로 여러 매체에 공개될 거야."

수찬의 말에 서린은 역시 정치인은 다르구나 싶은 마음이 들었다. 이미 한발 앞서서 정보를 확보하고, 계획하고 영향력을 행사하는구나 싶어 수찬의 행동력에 다시 한번 감탄했다.

"우리는 뭘 하면 돼? 우리가 도울 일이 있어?"

호준이 수찬을 보며 물었다.

"내 편이 되어 줘. 앞으로 노벨물리학상과 민한국미술대상을 수상하게 되면 인터뷰할 일이 많아질 테니 국존법에 대해 꼭 언급해 주고 반대한다는 의사를 밝혀줘. 센터 85층과 86층 출신의 다른 친구들도 설득할 테니 너희도 좀 도와줘."

호준과 서린은 동시에 고개를 끄덕였다.

국존법이 시행된 지 이십 년. 센터에서 만들어진 아이들이 새로운 세대로 부상하기 시작했다. 그 아이들의 선두에 강수찬, 최서린, 김호준, 정바울, 권도원 등이 있었다. 그들은 센터에서 유전자 선별로 만들어진 최초의 아이들이자 국가의 필요에 의해 만들어진 아이들이었다. 그들이 어른이 되고 세대의 중심축이 되자 그들을 존재하게 한 국존법은 다시 논의를 거쳐야 할 사안이 되었다. 인간을 인간답게 만드는 정체성과 자존감은 스스로 만들어지는 것이 아니다. 인간으로 태어나 인간답게 성장하기 위해서는 같은 시간 축을 살아가고 있는 모든 사람이 필요하다. 그들 속에서 가꿔지고 만들어지며 선택하는 삶을 우리는 지향해야 한다. 어른이 된 아이들은 자신들이 성장하면서 겪은 어려움을 다음 세대는 겪지 않길 바란다. 다음 세대는 더 좋은 세상을 살아가며 더 나은 환경 속에서 그들의 나라인 민한국이 발전하길 바란다.
 국존법은 여전히 논의 중이었다.

 (끝)

2020국가존속비상조치법

초판 1쇄 인쇄 2025년 9월 08일
초판 1쇄 발행 2025년 9월 08일

지은이   갈곶

디자인   포레스트 웨일
펴낸이   포레스트 웨일
펴낸곳   포레스트 웨일
출판등록   제2021-000014 호
주소   충청남도 아산시 탕정면 용머리길 40 유니콘101 216호
전자우편   forestwhalepublish@naver.com

종이책   979-11-94741-42-8

ⓒ 포레스트 웨일 | 2025
· 이 책은 저작권법에 의하여 보호받는 저작물이므로 무단 전재와 복제를 금합니다.
· 이 책 내용의 전부 또는 일부를 이용하려면 사전에 저작권자와 포레스트 웨일의 서면 동의를 얻어야 합니다.

작가님들과 함께 성장하는 출판사
포레스트 웨일입니다.
작가님들의 소중한 원고를 받고 있습니다.
forestwhalepublish@naver.com